회귀한 대마법사의 용사생활

poo 판타지 장편소설

회귀한 대마법사의 용사생활 7

초판 1쇄 발행 2024년 2월 19일

지은이 ｜ poo
발행인 ｜ 최원영
편집장 ｜ 이호준
편집디자인 ｜ 한방울
영업 ｜ 김민원 조은걸

펴낸곳 ｜ ㈜ 디앤씨미디어
등록 ｜ 2002년 4월 25일 제20-260호
주소 ｜ 서울시 구로구 디지털로 26길 111 JnK디지털타워 503호
전화 ｜ 02-333-2513(대표)
팩시밀리 ｜ 02-333-2514
E-mail ｜ papy_dnc@dncmedia.co.kr
블로그 ｜ blog.naver.com/gnpdl7

ISBN 979-11-364-5214-6 04810
ISBN 979-11-364-4726-5 (SET)

※ 저자와 협의하여 인지는 붙이지 않습니다.
※ 이 책은 ㈜ 디앤씨미디어(파피루스)가 저작권자와의 계약에 따라 발행한 것으로 본사와 저자의 허락 없이는 어떠한 형태나 수단으로도 내용을 이용할 수 없습니다.

회귀한 대마법사의 용사생활 7

PAPYRUS FANTASY STORY

poo 판타지 장편소설

1장 ·· 7

2장 ·· 45

3장 ·· 81

4장 ·· 117

5장 ·· 153

6장 ·· 189

7장 ·· 227

8장 ·· 275

1장

1장

수백 년 전, 무언가 눈을 떴다.

어떻게 태어났는지도 모르는 존재.

그 존재는 무척이나 공허했다.

그래서 그 공허를 다른 이들로 채우려 했다.

그는 주변에 있는 모든 것을 먹어 삼켰다.

그렇게 먹어 치우기를 얼마나 했을까, 공포에 질린 마족들이 그를 가리켜 '탐(貪)'이라 불렀다.

그리고 그는 결국 탐욕공 나이베아가 되었다.

그것이 내가 알고 있는 나이베아의 유래.

지금 녀석이 벌이고 있는 짓을 보면 마족들이 왜 공포에 떨었는지 알 것 같았다.

녀석의 손에서 화염과 얼음 등 사대 원소의 능력뿐만이

아니라 시공간 같은 특별한 능력, 심지어 설명조차 하기 힘든 온갖 능력들이 뿜어져 나왔다.

콰가각!

나는 사방에서 조여 오는 촉수를 일일이 실드로 빗겨 내곤 바닥을 굴러 그 자리를 벗어났다.

"지금이야 미꾸라지처럼 잘만 빠져나가지만 언제까지 버틸 수 있을까?"

녀석이 손가락을 하늘로 들어 올리자, 내가 밟고 있던 땅바닥이 입처럼 벌어지며 나를 먹어 치우려 했다.

하지만 나는 성장을 수평으로 세워 입이 닫히는 걸 막고 재빨리 날아올랐다.

그리고 몸이 빠져나옴과 동시에 성장의 크기를 줄여서 곧바로 빼냈다.

"헬파이어!"

그러곤 마법을 쏘아 냈지만, 이 정도 마법으로는 당연히 녀석의 항마력을 뚫을 수 있을 리가 없다.

그저 불에 데인 듯 눈살만 찌푸리는 녀석.

녀석은 오히려 더 분노하여 나를 찾으려 눈을 부릅떴지만.

화아아악!

"이런 또 귀찮은 수를!"

거친 흙먼지가 일어나며 나이베아의 눈을 가렸다.

알바의 힘이었다.

나이베아가 알바를 노리자, 이번엔 아리에스가 얼음으

로 녀석의 시선을 가로막았다.

지잉!

녀석의 눈에서 레이저가 나와 얼음을 녹이고 알바가 있던 자리에 직격했지만, 알바는 이미 그 자리를 피한 뒤였다.

"굉장하군. 지금까지 겹치는 능력이 하나도 없어. 진짜로 능력이 600개가 넘는 건가?"

[감탄만 할 게 아니라 방책을 마련해라! 언제까지 버티기만 할 수는 없잖아!]

비명처럼 외치는 알바.

녀석은 우는 소리를 하다가 문득 좋은 생각이 났는지 아리에스를 향해 고개를 홱 돌렸다.

[그래, 거기 얼음 새!]

[아리에스다.]

[그래, 아리에스! 저 괴물에 대한 약점 같은 거 아는 거 없어? 너는 저 녀석의 부하로 있었으니 알거 아냐!]

[으음…….]

알바가 불쾌한 기억을 떠올리게 했는지, 아리에스가 침음을 흘렸다.

그러면서도 기억을 떠올리는 듯했지만 이내 고개를 젓는다.

[안타깝게도 없다. 녀석은 어떤 수단을 쓰든 그 상성의 능력을 사용하지. 녀석을 뚫기 위해 필요한 것은 상성조

차도 능가할 수 있는 힘. 하지만 그 힘은 내 전성기 때나 가능하지 너나 계약자의 힘으론 불가능한 일이다.]

"맞는 얘기긴 해."

[그럼 우리가 진다는 얘기야?]

알바의 목소리에 공포가 깃들었다.

하긴 우리의 공격은 나이베아의 방어를 뚫지 못하고 있고, 나이베아의 공격을 한 번만 허용해도 죽을 터.

이 상태가 계속 진행된다면 우리의 패배는 기정사실.

하지만 누가 그렇게 둔대?

내가 나이베아의 공격을 막으며 외쳤다.

"그렇다고 누가 진다고 했어?"

"크크크, 너희가 나를 이길 수 있다는 말이냐?"

녀석이 우리를 비웃을 때 나는 손을 휘둘렀다.

그러자 녀석의 발밑에서 바위 기둥이 솟아나더니 녀석의 턱을 후려쳤다.

쾅!

"크윽! 네놈!"

이걸로 녀석의 방어를 꿰뚫는 것은 불가능하지만 녀석의 웃음을 멈추기엔 충분했다.

"물론이지. 하나하나 알려 줄까?"

내 말이 끝나기 무섭게 녀석의 손이 칠흑같은 어둠으로 물들기 시작했다.

이번은 신체 능력인 모양.

"너, 다른 능력들을 동시에 사용하진 못하지?"

"그게 어쨌다는 거냐!"

콰직!

녀석의 주먹이 내 실드를 부수며 날아왔다.

하지만 이미 녀석의 수를 예측하고 절대명령을 시전해 녀석 앞의 공간을 왜곡시켜 녀석의 공격을 막아 냈다.

그리고 그 찰나에 입을 연다.

"능력을 계속 바꿔 사용해서 우리에게 혼란을 주는 건 좋은데, 능력을 바꾸는 순간마다 틈이 너무 커. 그래서 이렇게!"

푸슉!

내 촉수가 녀석의 눈에 명중했다.

촉수는 망막도 뚫지 못하고 부러졌지만, 눈은 모든 부위 중 가장 약한 부위.

"크아아악!"

"피할 시간은 물론 공격할 시간까지 생기지."

녀석이 한쪽 팔로 눈을 가리고 다른 손으론 나를 향해 수평으로 휘둘렀다.

가로막는 장애물들마저 전부 부숴 버리는 강력한 힘.

우드드득!

심지어 내 '절대명령: 공간 왜곡'마저 녀석의 힘을 막아 내지 못했다.

하지만 아리에스와 알바의 힘을 더하자, 내 앞에서 막

아 내는 데 성공했다.

"흑암의 관!"

그 상태로 내 마법에 의해 봉인당한 손.

"이익!"

녀석이 저항해 보지만, 쇠사슬은 늘어날 뿐 쉽게 끊어지지 않았다.

마법의 힘 자체를 강화하는 대신, 유지력과 탄성을 강화했기 때문이다.

"그리고 능력이 다양한 대신 깊이가 얕아서 활용이 일차원적이야. 아, 이건 네가 무식해서인가?"

콰드드득!

녀석이 기어이 이빨로 쇠사슬을 끊고는 입에서 독연을 내뿜었다.

치이이이……

하지만 역시나 일차원적이다.

닿는 모든 게 부식될 정도로 독한 독이지만 알바의 능력으로 순식간에 사라져 버리는 독연.

"차라리 원래처럼 마족을 뱉어 내는 게 더 무서울걸?"

"그렇다면 원하는 대로 해 주지!"

녀석이 입을 벌려 마족들을 소환하려 했다.

"그런데 우리가 그걸 가만히 지켜볼까?"

콰과광!

"커억!"

녀석의 입 안으로 우리의 공격이 적중한다.

원래라면 녀석의 항마력에 막히고 말 공격들이지만 동시에 한 곳에 적중하자 녀석의 항마력도 버티지 못했다.

녀석이 힘겹게 고통을 견디고 마족을 소환하긴 했지만 별 의미는 없었다.

소환된 마족들은 뭔가 하기도 전에 우리의 일제 포격을 견디지 못하고 소멸하고 말았으니까.

"거기다 보아하니 소환하는 동안에는 다른 마족들의 능력도 쓰지 못하는 모양이군?"

그래서 전생이나 저번에 싸울 때는 다른 마족의 능력을 쓰지 못한 듯싶었다.

그때는 마족을 소환하기만 했으니.

하지만 녀석도 뭔가 좋은 생각이 떠오른 모양이었다.

우리를 노려보더니, 갑자기 주위가 어둡게 변했다.

[이건 뭐야!]

알바가 황급히 바람을 일으켜 보았지만, 별다른 변화가 없었다.

아마도 시각을 제어하는 능력을 사용한 모양.

[너무 긴장하지 마라. 대상의 오감에 직접 관여하는 능력은 강력한 대신 제한도 많고 지속 시간도 짧기 마련이니 금방 풀릴 거다.]

아리에스의 말대로 얼마 지나지 않아 시야가 다시 밝아졌다.

[제기랄.]

　하지만 그사이 나이베아의 마족들이 이미 소환되어 버렸다.

　아직은 몇 명에 불과하지만 녀석들을 상대하는 사이, 나이베아가 계속 소환한다면 순식간에 숫자가 불어날 터.

　그렇다고 녀석을 상대하자니, 그것도 여의치 않아 보였다.

　소환된 마족들의 면면이 그리 약해 보이지 않았으니까.

　"크크크…… 이제 어쩔 테냐?"

　나이베아가 음흉하게 비웃으며 우리를 내려다보았다.

　"음, 답이 없긴 해."

　"항복이라도 해 볼 테냐? 그러면 한 백 년 만 갖고 놀다가 놔주도록 하지."

　"그러긴 싫은데?"

　알바와 아리에스도 마력을 끌어 올리며 반대의 의사를 밝혔다.

　"그럼 산 채로 잡아 평생토록 내 노예로 부려 주마."

　[흥, 그러느니 자결을 하고 말겠다.]

　[나, 난…… 살고 싶은데…….]

　나는 그런 녀석들을 보다가 웃음을 터트리고 말았다.

　"하하하하, 걱정하지 마. 나만 믿으라고."

　"음? 답이 없다는 걸 알고 미쳐 버리기라도 한 거냐?"

"아니. 뭔가 이상한 거 없어?"

그 말에 주변을 두리번거리는 나이베아.

그러고 보니 우리의 격렬한 싸움에 주변이 엉망으로 됐지만, 그런데도 이상한 것들이 몇 개 보였다.

분명 아리에스가 지속적으로 냉기 공격을 하는데도 차갑기는커녕 뜨겁게 달아오른 대지.

그리고 내 마법의 여파 때문에 미처 생각지 못했겠지만, 마법을 쓰지 않고 있는 지금도 몰아치고 있는 마력의 폭풍.

"설, 설마……."

"절대명령: 공간 단절."

녀석은 내 절대명령에 의해 여러 번 해를 입은 탓에 급히 팔로 몸을 막았지만, 이번엔 아무 일도 일어나지 않았다.

녀석이 의아해하며 손을 치운 순간 나는 속으로 숫자를 셌다.

3…… 2…… 1…….

"퍼엉."

콰아아아아앙!

주변의 마력을 빨아들이며 과열된 마그림이 더 이상 견디지 못하고 폭발했다.

하지만 그 거대한 폭발은 우리가 있는 공간까진 미치지 못했다.

마력의 양 자체는 내 절대명령까지 뚫어 버릴 정도로 굉장한 양이었다.

 하지만 구체화되지 않았기 때문에 개념을 이용한 마법까지는 부수지 못한 것이다.

 [그렇다면 나이베아도 버틸 수 있지 않을까? 놈의 항마력도 만만치 않을 텐데.]

 "아니야. 녀석의 항마력은 강력할 뿐 개념과는 다르거든. 예를 들어 미스릴은 아주 강력한 힘이라면 부술 수 있지만 공기를 부술 수 있어?"

 [공기를 부숴?]

 "공기엔 부순다는 개념이 없잖아. 그런 거라고 생각하면 돼."

 나는 이해가 안 되어 갸웃대는 신수들을 뒤로하고 폭심지를 바라보았다.

 구오오오오!

 우리에겐 털끝 하나 영향이 없었지만, 그 폭발력만큼은 정말 무시무시했다.

 이곳이 밀폐된 지하 공간인 만큼 폭발력이 더 강했기 때문이다.

 우직 빠드드득!

 그리고 폭발을 못 견딘 지하가 무너지기 시작했다.

 "이해 못 하겠으면 설명은 나중에. 생매장 당하기 전에 먼저 나가자."

우리는 붕괴되는 지하도시의 천장을 뚫고 나왔다.

나오자 저 멀리 드워프들이 모여 있는 게 보였다.

그쪽으로 날아가니 대부분의 드워프들이 허망한 표정으로 주저앉아 있었다.

"내 평생 살아온 도시가……."

"우리의 자존심이……."

어쩔 수 없는 희생이긴 했지만 도시를 잃어버린 상실감이 만만치 않은 듯했다.

"……도와줘서 고맙다."

그건 탈루다도 마찬가지였던 듯 어두운 표정이었다.

하지만 그는 이를 표현하지 않고 우리에게 고개를 숙였다.

"스톰 포트를 희생시키더라도 우리의 동포를 구했다면 그것으로 좋은 거다. 맞지 않나?"

"알면서 그래."

"그래…… 지금은 슬퍼하기보다 다음부턴 이런 일이 일어나지 않도록 앞으로 어떻게 해야 할지 고민하는 게 우선이겠지."

탈루다는 씁쓸한 표정으로 고개를 끄덕였다.

"도움에 감사를 표해도 모자랄망정 모자란 꼴을 보여 미안하다."

"괜찮아, 탈루다. 넌 많이 성장했어."

"무슨 소리냐?"

의아해하는 탈루다를 보고 나는 급히 부정했다.

"아, 아냐. 내가 아는 드워프가 있는데 너보다 엄청 이기적이고 한심하거든."

"그런 드워프가 있다니 드워프들의 수치다. 내게 보내 주면 드워프의 긍지에 대해 알려 주도록 하겠다."

"이젠 오지 못할 곳에 있거든."

"슬픈 기억을 떠올리게 했나. 미안하다."

내 말을 오해했는지 급히 사과하는 탈루다.

나는 고개를 저으며 피식 웃었다.

"아냐, 녀석은 그런 게 아니라······."

"네자르 아저씨!"

그 순간 멀리서 메리안이 달려왔다.

"아저씨, 나 잘했죠!?"

메리안은 내 허리를 끌어안으며 나를 올려다보았다.

내가 그 모습에 녀석을 쓰다듬으려 하는 순간이었다.

콰과과과······!

"이런, 아직 덜 무너졌나?"

"아, 아니다! 여기서 더 무너질 리가 없다!"

땅에서 살아가는 드워프의 말이 틀릴 리가 없었다.

그렇다면······

"크아아아아! 네놈들을 반드시 내 노예로 삼아 주겠다!"

폐허 속에서 나이베아가 치솟아 올랐다.

나이베아의 모습은 살아 있는 게 용할 지경이었다.

피 대신 칠흑 같은 어둠의 기운이 온몸을 뒤덮고 있어서 내부가 보이지 않을 지경이었으니.

[그렇게라도 살아남았으면 도망칠 것이지 무슨 생각으로 다시 덤비려는 거냐?]

알바가 녀석을 돌아보며 외쳤다.

제대로 서 있지도 못하고 비틀거리는 모습을 보면, 과장 좀 보태서 메리안이 상대해도 이길 수 있지 않을까 싶은데.

하지만 뭔가 느낌이 좋지 않아서 나이베아에게 달려들려는 알바를 만류했다.

"잠깐만. 조심해. 녀석에게 뭔가 수가 있는 게 분명해."

녀석이 멍청해 보이지만 나설 데 안 나설 데를 구분하지 못할 정도는 아니었다.

전생에 만났던 녀석은 자기가 불리할 때는 후퇴할 줄 알았단 말이지.

그렇다는 얘기는 뭔가 상황을 역전시킬 수단이 있다는 소리였다.

화아아악!

내 예상대로 녀석의 아래에 드리워진 그림자들이 갑자기 넓어지기 시작했다.

그리고 그 그림자가 직경이 수십 미터에 이르렀을 때였다.

"태초의 공포를 맛보거라!"

그 순간 그림자에서 거대한 늑대의 얼굴이 튀어나오더니 나이베아를 집어삼켰다.

"무, 무슨 일이지?"

"네자르, 네가 한 건가?"

나는 고개를 저었다.

돌아가는 상황으로 봤을 때 저건 분명히 나이베아의 능력.

근데 그보다 나이베아의 능력에서 느껴지는 기시감.

나는 저것과 비슷한 능력을 어디선가 봤었다.

그건……

내가 기억을 떠올리려던 순간.

그림자가 급속도로 작아지더니 그림자에서 무언가 일어났다.

"저건 뭐죠?"

"나도 몰라."

메리안의 말에 나는 이마를 찡그리며 고개를 저었다.

전신이 마치 그림자로 이루어진 듯 검은색으로 이루어진 형체는 소년 정도의 아담한 키를 지니고 있었다.

하지만 녀석에게서 나오는 불길한 기운은 녀석을 우습게 보면 안 된다고 경고하고 있었다.

아드득, 아드득.

"히히히……."

녀석은 뭔가 입으로 씹어 대며 비릿한 미소를 지었다.

정황상 나이베아인 게 분명하다.

마스터의 검기로도 생채기밖에 나지 않는 놈을 저렇게 이빨로 씹어 먹을 수 있다니.

거기다 귀 밑까지 찢어진 입과 송곳처럼 날카로운 이빨은 소름이 끼칠 정도로 불쾌했다.

꿀꺽!

그것을 삼킨 녀석은 갑자기 우리 쪽을 올려다보았다.

그러자 본능이 경종을 울렸다.

나는 바로 실드를 시전하며 뒤를 돌아보고 외쳤다.

"모두 피해!"

그와 동시에 녀석이 땅을 박찼다.

콰앙!

그리고 정신을 차렸을 때는 실드를 친 보람도 없이 녀석이 뛰어오른 궤도 그대로 동그란 구멍이 뚫려 있었다.

미처 피하지 못한 드워프 몇 명은 그에 휩쓸려 죽어 버렸다.

하지만 죽은 드워프에 신경을 쓸 여유는 없었다.

나는 긴장한 채로 녀석의 입을 쳐다보았다.

우물우물.

무언가를 씹고 있는 녀석의 입.

녀석이 지금 먹고 있는 건 드워프뿐만이 아니었다.

"저 녀석, 내 실드를 씹어 삼킨 거야?"

[그게 무슨 말이냐?]

알바가 물어 왔지만 나도 처음 겪어 본 현상이라 설명하기가 어려워 입을 열지 못했다.

마치 실드에 사용한 마력 일부를 아예 빼앗긴 듯한 감각.

씨익!

녀석이 나를 보고 입을 쭈욱 찢었다.

"히히…… 맛있다……."

그러곤 그 자리에서 사라졌다.

녀석이 다시 나타난 것은 내 바로 오른쪽.

"더 줘……!"

나는 육감이 시키는 대로 이미 그 방향을 향해 파이어 볼을 날린 상황이었다.

하지만 내가 기대한 대로의 폭발음은 들리지 않았다.

후욱!

녀석은 마치 공기를 들이마시듯 내 파이어 볼을 빨아들여 삼켰다.

그리고 다시 벌어진 녀석의 입에서는 한 줄기 연기만 피어오를 뿐이었다.

보통 마법으로는 상대할 방법이 없는 건가?

녀석은 그대로 입을 벌린 채 나를 향해 고개를 돌렸다.

"비켜라! 내가 도와주겠다!"

그때 우리의 뒤에서 어느 드워프가 무기를 들고 달려왔다.

드워프의 할버드에서 솟구치는 뚜렷한 검기와 절도 있

고 날랜 움직임을 볼 때 아무리 낮게 잡아도 익스퍼트 중급 이상은 되는 강자.

그는 녀석을 향해 할버드를 휘둘렀다.

부우웅!

녀석은 선명한 검기가 감싸고 있는 할버드를 향해 입을 벌렸다.

"하하하! 멍청한 놈! 아무리 네 이빨이 단단하다고 해도 우리 드워프가 만든 무기를 이길 수 있을 것 같나!"

카드드득!

드워프의 자신대로 그의 할버드는 녀석의 이빨과 부딪치고도 별다른 타격이 없어 보였다.

잠깐 동안은.

쨍그랑!

"아니, 내 무기가! 커헉!"

녀석은 그대로 할버드를 부러트리곤 주먹으로 드워프의 몸통을 강타했다.

그대로 드워프에게 이빨을 내미는 순간 나는 급히 아케인 차지를 시전했다.

그런데 녀석은 아케인 차지에 입을 가져다 대려다가 갑자기 화들짝 놀라 입을 다물었다.

"크엑!"

녀석은 그대로 뺨에 아케인 차지를 직격당하곤 멀리 튕겨 나갔다.

"으…… 아파……."

녀석은 아파하는 와중에도 드워프의 할버드를 집어 한 입 크게 물고 씹어 대더니.

퉤!

"이건 맛없어…… 너 맛있어."

쇳조각을 내뱉고는 나를 가리켰다.

"그래? 그럼 얼마든지 줄 테니 맘껏 먹어라."

나는 그런 녀석에게 가운뎃손가락을 들어 올렸다.

그러자 녀석은 내가 한 행동이 무슨 뜻인지는 모르는 것 같았지만, 놀리는 거라는 건 눈치챘는지 눈살을 찌푸리곤 이빨을 맞부딪쳤다.

그리고 상체를 내려 양손으로 땅을 짚고는 나를 노려보았다.

쾅!

녀석이 땅을 박차고 내게 돌진했다.

"더 내놔!"

"절대명령: 공간 왜곡!"

이번엔 여유가 있었기 때문에 미리 준비해 놓았던 8서클 마법을 발동했다.

그러자 녀석은 동물 같은 직감으로 보통 마법이 아니라는 걸 알아챘는지 급히 땅에 손을 박아 넣어 멈추곤 그 팔을 축으로 방향을 바꿔 내 마법의 영향권 바깥으로 돌아 내게 접근하려고 했다.

하지만 그 정도도 예측 못했을까.

그곳엔 알바가 대기하고 있었다.

크허헝!

알바가 울부짖자 바람의 칼날들이 나타나 녀석을 향해 날아갔다.

녀석은 바람의 칼날을 후려차고 이빨로 물어뜯으며 모든 바람의 칼날을 부숴 버렸다.

[아니, 내 마력이……!?]

알바도 나랑 같은 현상을 겪었는지 놀라 소리쳤다.

"이거 상황이 좋지 않은데?"

녀석의 반응을 보면 모든 마법이 통하지 않는 건 아니었지만, 통하는 마법들이 너무 적다.

게다가 고서클의 마법이 대부분 통하지 않는다.

그렇다고 신수들도 크게 도움이 되지 않는 상황.

[흐음, 이제야 녀석의 정체가 뭔지 알겠군. 저 녀석의 정체는 탐이다.]

그때, 지금까지 우리의 싸움을 지켜보기만 하던 아리에스가 신음이 섞인 목소리로 말했다.

"탐? 탐이 나이베아 아니었어?"

[비슷하지만 다르다. 나이베아는 탐이 수많은 마족을 탐식하고 이성을 얻어 자아를 확립한 이후의 존재. 탐은 그 이전의 태초의 모습이지.]

그 말에 나이베아가 무슨 짓을 한 건지 알 수 있었다.

나이베아는 그동안 자신이 얻은 모든 것을 바쳐 우리를 죽이기로 마음먹은 것이다.

그렇다는 것은 이것이 나이베아의 마지막 수라는 소리.

"아, 그래? 그렇다면 다행이네."

[무슨 수가 있는 거냐?]

"내가 아무런 수도 없이 이러는 거 봤어?"

나는 씨익 웃으며 녀석, 탐을 바라보며 헬파이어를 시전했다.

그러자 녀석의 눈에서 탐욕의 불길이 번쩍였다.

"히히…… 맛있겠다."

녀석은 바로 나를 향해 도약했다.

나는 녀석의 눈앞에 헬파이어를 내밀었다가.

사르륵……

녀석이 다가왔을 때 마법을 취소했다.

그리고 반대 손을 녀석을 향해 내밀고 주문을 시전했다.

"아케인 차지!"

헬파이어만 바라보고 있다가 예상치 못한 궤도로 날아오는 기습이었으니, 녀석이 대응할 수 있을 리가 없었다.

뭐, 아까 내 아케인 차지를 피하려던 걸 보면 아케인 차지같이 폭발적인 흐름의 마력이라면 먹는 거 자체가 불가능한 거 같지만.

"크아아악!"

콰앙!

그대로 맞고 날아가 땅에 처박힌 녀석.

녀석은 가슴을 붙잡고 고통스러워하며 천천히 몸을 일으켰다.

"크으으……."

"다행히 속도와 공격력은 늘었지만 맷집은 이전보다 많이 떨어진 모양인데?"

[그럴 수밖에. 나이베아가 그런 맷집을 갖게 된 것은 전부 이성을 갖게 된 이후에 일어난 일이거든.]

"크아아아아!"

녀석은 다시금 내게 달려들었다.

학습 능력은 있었는지 이번엔 내 양손의 움직임을 끝까지 주시하고 있었다.

나는 그런 녀석에게 다시 헬파이어를 내밀었다.

그러곤.

콰아아앙!

녀석이 다가오기 직전 헬파이어를 터트렸다.

녀석도 이미 발동된 마법을 삼키진 못했고, 헬파이어의 불길이 전부 녀석의 몸에 적중했다.

"크아아악! 뜨, 뜨거!"

녀석은 화들짝 놀라 뒤로 도망쳐 몸에 붙은 불을 끄려고 바닥을 뒹굴었다.

녀석의 본모습이 그림자였기 때문에 더더욱 타격이 큰 것 같았다.

"그 정도로 꺼지면 그게 지옥의 불길이겠어? 너도 거기서 살아 봤으니 더 잘 알고 있지 않아?"

나는 그런 녀석을 비웃어 주었다.

하지만 내심 불안함이 사라지지는 않았다.

녀석의 타격이 예상보다도 적었기 때문이었다.

그리고 내가 나이베아와 싸우면서 쓴 고서클 마법들이 너무 많았다.

이대로라면 내 마력이 바닥나는 것도 그렇지만, 차원의 억지력에 의해 튕겨 나갈 수도 있으니까.

그런데 저 녀석은 타격은 있어 보이긴 하지만 물리쳤다고 볼 수는 없으니.

"으으……."

그리고 두 번씩이나 크게 당했으니 녀석의 움직임이 신중해졌다는 문제도 있었다.

녀석은 주변을 한 번 훑어보았다.

"히, 히익!"

그런데 그때 녀석의 눈에 드워프들이 눈에 띄었다.

나와 신수와는 다르게 제대로 된 저항도 하지 못하는 약한 먹잇감들.

녀석의 눈에는 자신의 상태를 회복할 수 있는 최상의 영양제로 보일 터였다.

"크흐흐……."

그리고 녀석은 생각을 바로 행동으로 옮겼다.

"빌어먹을!"

나는 급히 드워프들을 향해 마법을 터트리곤 아케인 차지를 날렸지만 드워프들이 휘말리지 않도록 위력을 조절해야 했고 그 정도론 녀석을 막기엔 파괴력이 부족했다.

콰과광!

녀석은 폭발을 뚫고 내 실드를 씹어 먹으며 드워프들에게 다가갔다.

그때 드워프들을 메리안이 막아섰다.

"아, 안 돼!"

푸욱!

메리안의 배를 녀석의 손이 관통했다.

그 순간 머릿속이 빨갛게 물들었다.

"메리안……!"

녀석은 팔을 뽑아 뒤로 물러서며 흐르는 피를 혀로 핥았다.

나는 급히 쓰러지는 그녀를 두 손으로 받아 들었다.

"네, 네자르 아저씨…… 미, 미안해요…… 그냥 몸이 저절로 움직였어요. 헤헤헤……."

나는 동료들의 희생엔 익숙했다.

"전 괜찮아요…… 그러니……."

지금까지 수많은 동료들을 잃어 왔으니 말이다.

"울지 마세요……."

그녀는 떨리는 손을 들어 내 눈가를 쓸어 주었다.

내가 눈물을 흘리고 있던가.

[계, 계약자여, 메리안은 괜찮은가?]

나는 급히 날아온 아리에스에게 메리안을 건네주었다.

"얘를 엘루시엔에게 보내 줘. 네가 얼려 준다면 거기까지 가는 동안 메리안이 죽지 않게 할 수 있겠지. 그리고 그녀의 힘이라면 메리안을 살릴 수 있을 거야."

[엘루시엔이 누구지?]

"제국에 있는 세계수야. 위치는 근처에 가면 알 수 있을 거야."

[……알겠다. 최대한 빠르게 가 보지.]

여기서 제국까지 날아가려면 오랜 시간 동안 쉬지 않고 날아야 하겠지만, 그녀는 별다른 불만 없이 메리안을 등에 업고 날아올랐다.

나는 그런 그녀들을 시야에서 사라질 때까지 바라보다가 몸을 돌렸다.

그러자 내 마력과 메리안의 피와 마력으로 부상을 회복한 탐이 나를 바라보며 씨익 웃었다.

나는 그 녀석에게 마주 웃어 주었다.

"웃어?"

쿵!

나는 성장을 바닥에 내리쳤다.

그 순간 대지를 가득 채우는 마법진.

나는 찬란하게 빛을 발하는 마법진 위에 섰다.

"내가 돌아가게 되더라도 네놈만은 살아 있는 걸 후회하게 만들어 주지."

절대명령: 공간 단절.

나는 단절된 시공간 안에서 녀석에게 선언했다.

메리안이 눈을 뜬 것은 그로부터 일주일이나 지난 이후였다.

그녀가 눈을 뜨자마자 한 것은 누군가를 찾아 주변을 둘러보는 것이었다.

"네자르 아저씨?"

그녀는 주변에 아무도 없다는 걸 확인하고 나서야 자신의 상처를 확인했다.

"이걸 살았네……."

상처에서는 통증이 느껴지지 않았고, 깨끗한 붕대로 단단히 둘러매져 있었다.

주변을 둘러보자, 살아 있는 나무로 만들어진 집 안인 듯했다.

그녀가 알기론 이런 구조의 집을 가지고 있는 장소는 세상에 단 한 곳뿐이었다.

바로 세계수의 내부.

그제야 그녀는 자신이 어떻게 살아 있는지 알 수 있었다.

'여기라면 쉬고 있으면 되겠지.'

그녀는 마음 편히 누워 휴식을 취했다.

그렇게 얼마나 누워 있었을까, 엘프 하나가 그녀의 방에 들어오더니 깨어나 있는 그녀를 보고 화들짝 놀라 바깥으로 달려 나갔다.

벌컥!

얼마 지나지 않아 로렌스 황자가 문을 열고 들어왔다.

"정신을 차렸다는 얘기를 들었습니다만, 괜찮으신가요?"

"으웃, 좀 오래 자서 머리 아픈 거 빼면요. 오랜만이네요. 로렌스 황자님."

"오랜만이라기엔 얼마 지나지 않았습니다만."

"아아, 그런가요? 벌써 엄청 오래전처럼 느껴져서요."

그러고 보니 많은 일이 있었지만 실제로 흐른 시간은 그리 길지 않았다.

아니, 애초에 네자르와 만난 게 채 1년도 되지 않았으니······.

"시간이 그것밖에 흐르지 않았구나······ 그나저나 네자르 아저씨는요?"

"용사님 말씀이시군요. 그분은······."

로렌스 황자의 표정이 어두워지며 말끝을 흐렸다.

"왜요? 설마 무슨 일이 있는 건 아니죠?"

"아리에스 님의 말씀에 따르면 자신과 맺어져 있는 계약의 끈이 사라지셨다고 합니다."

메리안은 얼마 전에 책에서 읽은 내용이 떠올랐다.

계약의 끈이 갑자기 일방적으로 사라지는 경우는 계약의 대상자가 사라진 경우밖에 없다는 사실을.

하지만 그녀로서는 믿을 수가 없었다.

네자르라는 존재는 그만큼 강했고, 그녀가 가장 의지할 수 있는 사람이었으니까.

"네자르 아저씨가 죽었을 리가 없어요!"

"저도 그렇게 믿고 싶습니다만…… 저는 아는 게 없으니…… 아실 만한 분을 불러다 드리죠."

그리고 로렌스 황자가 나간 뒤 들어온 것은 알바였다.

그는 메리안이 눈을 뜬 것을 확인하고 작은 고양이로 변신한 후 펄쩍 뛰더니 메리안의 머리맡으로 올라와 그녀의 코에 자신의 코를 맞댔다.

[정신을 차렸군. 걱정했다.]

"고마워요. 그런데 네자르 아저씨는요?"

[……내가 마지막으로 본 건 네가 실려 가고 녀석이 뭔가 마법을 쓰는 모습이었다. 그 이후로 나이베아와 같이 사라졌고, 얼마 지나지 않아 계약의 끈이 사라졌지.]

"그럴 리가 없어요! 네자르 아저씨가 죽었을 리가 없다고요!"

[나도 그랬으면 좋겠다만…… 나이베아도 돌아오지 않는 걸 보면 아마도…….]

"그럴…… 수가…….."

메리안은 알바의 품에 얼굴을 파묻으며 울었다.

* * *

그렇게 메리안이 슬픔에 잠겨 며칠을 누워 있는 사이, 그녀에게 네자르가 갖고 있던 물품들이 도착했다.

그 물품들은 대부분 펜과 잉크, 그리고 종이 같은 것들이었다.

아마도 그녀가 읽을 책을 써 주기 위한 것들이었겠지.

"네자르 아저씨……."

그녀는 펜에 남아 있는 네자르의 마력의 잔향을 느끼며 슬퍼했다.

그러다 문득 네자르가 써 준 책을 펴보았다.

그가 손수 집필한 책은 그녀의 수준에 맞게 친절하게 써져 있었다.

"흐흐흑, 아저씨…… 직접 알려 줘야지 갑자기 사라져 버리면 어떡하자는 거예요……."

그녀는 책에 고스란히 남아 있는 네자르와의 추억을 떠올리며 눈물을 흘렸다.

그렇게 책들을 살펴보고 있을 때였다.

툭!

책에서 종이쪽지 하나가 떨어졌다.

"이, 이건……!"

메리안은 황급히 쪽지를 주워 펴 보았다.

쪽지의 내용은 평소에 그녀가 보아 왔던 네자르의 성격답게 짧고 간단했다.

네가 이걸 읽고 있다면 나는 이 차원을 말없이 떠난 거겠지. 아니면 좀 뻘쭘하겠지만. 아무튼 내가 갑자기 없어지더라도 걱정하진 마. 원래 차원으로 돌아간 것일 테니까.
만약 걱정된다면 마법 실력을 키워서 직접 찾아오든가.

대충 쓴 것 같지만 오랫동안 고민한 듯 글자들이 꾹꾹 눌러져 있었다.
문득 메리안은 글을 쓰고 있는 네자르의 모습이 상상돼서 '풋'하고 웃음을 터트리고 말았다.

나는 너를 자주 떠올리며, 네가 어떻게 성장할지 궁금해하고 있겠다. 언젠가 네가 나의 차원을 방문해 주길 고대하며.

네 존경스런 스승, 네자르가.

마지막은 글씨체가 뭉개져 있는 게 부끄러워서 빠르게 써 내려간 것 같았다.
"역시 부끄러워하는 게 아저씨답네."
그녀는 울고 있었다는 것도 잊은 채, 살풋 웃으며 네자르의 쪽지를 몇 번이고 계속 읽었다.

* * *

 나이베아를 죽이고 얻은 성검의 조각은 가장 크고 거대했다.

 그것이 품고 있는 기운도 가장 거대했기에 그동안 성검의 조각으로 쌓아 왔던 마력과 합쳐 그 힘을 이용해 8서클에 오를 수 있었다.

 그리고 이번 생에 쌓아 올린 8서클은 전생에 도달했던 8서클보다 훨씬 더 견고했고 훨씬 더 웅장했다.

 드디어 전생의 힘을 넘어선 것이다.

 그 효과는 차원에서 추방당한 직후부터 바로 느낄 수 있었으니.

 "저게 내 원래 차원인가."

 내가 다루던 시공간의 개념에 대한 이해가 더욱더 깊어지며 이전처럼 많은 노력을 기울이지 않아도 내가 원래 있던 차원이 어디인지 바로 알 수 있게 된 것이다.

 내 육신에 흐르는 시공간의 축과 차원의 시공간의 축이 완벽하게 일치하는 차원을 찾아 들어가면 되는 것이다.

 스으윽.

 나는 내 차원으로 향하는 차원의 회랑에 들어가며 긴장감을 끌어 올렸다.

 내가 다른 차원에서 지낸 기간은 1년이 채 되지 않았지만,

그것만 해도 원래 계획보다 훨씬 오래 지난 시간이었다.

무엇보다 차원마다 시간축이 똑같다는 보장이 없으니, 무슨 일이 일어나도 충분한 시간이긴 하다.

하지만 다행히 차원의 회랑은 정상적인 모습이었다.

차원의 회랑의 사용인들은 내 인기척에 놀라 허겁지겁 다가왔다.

"호, 혹시 용사 네자르 님 맞으십니까?"

그들은 눈이 보이지 않았지만, 상대적으로 기운을 느끼는 데 예민했기에 내 기운을 느꼈을 터였다.

나는 고개를 끄덕였다가 그들이 내 움직임을 볼 수 없다는 걸 깨닫고 입을 열었다.

"네, 제가 많이 늦었죠? 제가 없는 동안 무슨 일 없었나요?"

그들은 나를 스칼드 후작에게 데려가며 그동안 있었던 일들을 설명해 주었다.

다행히 내가 있었던 차원에 비해 이곳의 시간 흐름은 매우 느렸다.

거기서는 1년 가까운 시간이 흘렀지만, 여기는 고작 한 달 정도가 흘렀다고 하니.

거의 십분의 일 수준밖에 지나지 않았던 것이다.

나는 그 사실에 안도하며 계속해서 이야기를 들었다.

"가리온이 검술 대회에서 우승했다고요?"

"네, 로렌스 황태자 전하께서 황태자 즉위식을 하신 기념으로 열린 검술 대회에서 우승하셨다고 합니다. 심지어 결승 상대는 마스터급 기사라고 하더군요."

이전에도 검상인 필리온을 이긴 적이 있긴 하지만 그 녀석을 잡았을 때는 아리스의 보조가 있었다.

이번에는 그럴 리가 없을 테니 진짜 마스터의 경지에 오르기라도 한 건가?

"오, 상대가 누군데?"

"제가 듣기론 창기사 마르티네즈라고 합니다."

창기사 마르티네즈라고 하면 검상인 필리온보단 낮은 급이긴 하지만 마스터에 오른 지 10년이 다 되어 가는 기사였다.

"나 없는 사이에 많이 늘었구만."

절로 미소가 지어지는 소식이었다.

그 밖에도 데니스가 이끄는 집단이 정식으로 인정받아 기사단이 되었다든가 데드리벤이 리벤 공국을 선포했다든가 하는 큼직한 일들이 있었다.

그리고 스칼드 후작을 만나자, 또 하나의 기쁜 소식이 기다리고 있었다.

"네크로의 본진의 위치를 밝혀냈소."

네크로의 위치는 역시나 리벤 공국의 아래 위치한 가장 큰 섬이었다.

그곳의 특이한 해류와 이상한 기후 때문에 찾아내기가 무척 힘들었다고 한다.

그래서 찾은 건 좋지만 다른 큰 문제가 있었다.

"그들의 위치는 밝혀냈지만 그곳까지 침투를 성공한 요원이 아무도 없었소."

"그럼 밝혀진 게 위치 말고 아무것도 없는 건가요?"

"그보다 자세한 사항은 나도 잘 모르오. 네크로의 위치가 밝혀진 지도 얼마 되지 않았으니. 자세한 내용은 직접 황도로 가 듣는 것이 나을 것이오. 마침 그대의 동료 가리온 골드브러프 경도 그곳에 있을 터이니."

스칼드 후작의 말대로 나는 황도로 향하면서 아리스나 가리온 등 주변 사람들에게 미리 편지를 보냈다.

그리고 다음 영지에 도착했을 때였다.

"혹시 실례가 아니라면 성함을 여쭐 수 있겠습니까?"

경비병은 내 옷차림을 보고 조심스럽게 물어 왔다.

딱 봐도 고급스러운 복장에 마법사 지팡이까지 들고 있으니 조심스러울 수밖에 없을 것이다.

나는 그 고충을 알기 때문에 최대한 밝은 표정으로 대답했다.

"아, 저는 네자르라고 합니다."

"헛! 네자르 님이시라면 설마…… 용사 맞으십니까?"

내 이름이 벌써 그렇게 유명해진 건가?

나는 조용히 고개를 끄덕였다.

괜히 시끄러워질 필요는 없으니.

하지만 그 경비병은 그렇게 생각하지 않는 듯싶었다.

"자, 잠시만 기다려 주십시오."
"아, 잠시 머물기만 할 거라 괜찮습니다."
나는 경비병을 만류했지만, 그 경비병은 웬만한 기사보다 더 빠른 몸놀림으로 그 자리에서 사라졌다.
그리고 얼마 지나지 않아 영주가 헐레벌떡 뛰어오는 게 보였다.
"요, 용사님! 저희 조그마한 영지가 용사님의 위대하신 여정에 함께하게 되어 정말로 영광입니다. 저는 이 남루한 영지를 다스리는 조르주 남작이라고 합니다!"
"어…… 반갑습니다."
조르주 남작이 옷에 땀을 닦으며 손을 내밀었다.
나는 그 손을 맞잡으며 생각했다.
다음 영지부터는 무조건 정체를 숨겨야지.
그리고 다음 영지에 도달했을 때는…….
"검은색 머리카락! 하얀 지팡이! 혹시 네자르 님 아니십니까?!"
내 소문이 퍼졌는지 영지를 지나칠 때마다 영주들이 어떻게 알고 튀어나와 나를 잡아갔다.
이들의 반응은 이해가 갔다.
스스로 얘기하긴 부끄럽지만 나는 성국에서도 최상위 직책에다가 제국에 호의적인 인사이고 로렌스 황자가 황태자에 오르기까지 엄청난 도움을 준 인물.
어떻게든 친해지고 싶은 인물인 것이다.

[그렇다고 해도 너무 달라붙는 거 아닌가?]

어느새 다시 합류한 신수들 중 루스가 의아한 듯 물어왔다.

이들은 내가 단단히 주의를 준 탓에 다들 소형화한 상태였다.

물론 그렇다고 해도 양어깨에 새를 얹어 놓고 하얀색 얼룩 고양이를 데리고 다니는 사람은 흔치 않겠지만.

"내가 평민 출신이니까 만만히 보여서겠지. 다른 고위 귀족이라면 감히 접근도 못 했을 거야. 일레르트 공작만 봐도 알 수 있잖아."

[하긴, 그 영감이 행동하는 걸 보면 안 들키는 게 이상했지. 완전히 눈 가리고 아웅이었으니까.]

알바가 고개를 주억거렸다.

제국은 성국보다 계급 구조가 확고하게 나뉘어 굳어져 있다.

이종족과 이능력자를 차별하던 것만 봐도 알 수 있지.

귀족들은 아마 자신들이 평민과 피 자체가 다르다고 생각하고 있을 것이다.

"그러니까 평민인 내게 귀족인 자신이 조금만 베풀어도 평생을 잊지 못할 거라고 생각하고 있을걸?"

[불쾌한 생각이군. 그럼 무시하고 떠나면 되잖아.]

"그래서 대충 끊고 나오잖아. 아니었으면 황도까지 가는데 몇 달은 걸렸을걸?"

그래서 그나마 이 주 정도 만에 황도에 도착할 수 있었다.

하지만 황도에 도착해서 내게 들려온 소식은 전혀 예상치 못한 것이었다.

"뭐? 가리온이 지금 갇혀 있다고?"

"네. 가리온 경은 현재 창기사 마르티네즈 경에게 독살을 시도한 죄목으로 감옥에 갇혀 계십니다."

이게 대체 어떻게 된 거지?

2장

2장

나는 로렌스 황태자를 만나기에 앞서 가리온이 갇혀 있는 감옥으로 뛰어갔다.

"네자르 님, 오랜만입니다."

"가리온…… 너 걱정했더니 생각보다 잘 살고 있었구나?"

하지만 상황은 내 예상과 조금 달랐다.

가리온은 말만 감옥이지, 저택이라도 봐도 무방한 곳에 연금되어 있었다.

심지어 개인 시종까지 붙어 있는 게, 누가 보면 귀족의 별장 아니냐고 할 정도.

애초에 내가 들어올 때 막는 사람은커녕, 신분 검사조차 하는 사람이 없었으니 말 다 한 셈.

"황태자 전하께서 신경을 많이 써 주셨어요."

"그런데 왜 잡혀 온 거야?"
"저도 잘 모르겠어요."
가리온은 머리를 긁적이며 말했다.
"혹시나 해서 물어보는데 너 아직 마스터 아니지?"
8서클에 오르면서 감이 예민해졌는데도 가리온의 기운이 별로 강하게 느껴지지 않았기 때문이다.
"네, 뭔가 감은 잡히는데 아직 어렵네요."
그렇다면 의심을 받을 만하긴 하다.
대회 특성상 살상력이 높은 강기는 금지된다지만 그렇다고 하더라도 마스터의 이름값은 허명이 아니니까.
순수 검술만으로도 익스퍼트 상급이 마스터를 이길 확률은 백에 하나도 채 되지 않는다.
그만큼 마스터는 격이 다른 존재다.
"무슨 일이 있었는지 설명해 봐."
"저는 네자르 님이랑 헤어진 이후 기사 여행을 시작했어요."
"서론은 빼고 본론부터."
내 말에 가리온은 기억을 떠올리는 듯 인상을 썼다.
"그러다가 이번에 로렌스 황자 전하께서 황태자 즉위식을 치르고 기념으로 검술 대회를 연다는 소문을 들어서 참여하게 되었어요. 정말 훌륭한 기사들이 많았어요! 특이한 무기를 쓰는 분도 계셨고요. 심지어 제가 예선 때 만난 어떤 분은……"

"생략하고 결승부터."

"지금부터가 제일 재미있는 부분인데…… 휴, 알겠어요."

가리온은 아쉬운지 입맛을 다시곤 다시 입을 열었다.

"저는 결승전에서 마르티네즈 경을 만났어요. 처음엔 저를 일방적으로 몰아붙이셨죠."

"그런데 어떻게 이겼어?"

"갑자기 중간부터 그분의 창끝이 흔들리기 시작했어요. 저는 그게 그분의 기술인 줄 알았어요. 정말 자연스러웠거든요."

하지만 그건 당연히 마르티네즈의 기술이 아니었다.

그의 창은 급격히 힘을 잃어 갔고 결국 가리온의 검 앞에 무릎 꿇고 말았다.

"마르티네즈가 뭐라 하진 않았어?"

"글쎄요. 하도 작게 중얼거려서 자세히는 못 들었는데, 뭔가 다르다고 했던 것 같아요."

그 이후에 창기사 마르티네즈가 쓰러져 실려 갔다는 게 이야기의 결말이었다.

나는 몇 가지를 더 물어보았지만, 확인할 수 있었던 것은 이번 일과 가리온은 전혀 관련이 없다는 것뿐이었다.

* * *

로렌스 황태자는 마지막으로 본 지 몇 달도 채 지나지

않았는데 역시 자리가 사람을 만드는 걸까, 이전에 봤던 인상과 완전히 달라져 있었다.

이전의 모습은 황자라기엔 소탈한 모습이었지만 지금은 뭔가 위엄과 권위가 느껴졌다.

그런 그가 가장 먼저 한 것은 사과였다.

"가리온 경의 일은 미안합니다. 마르티네즈 경이 너무 강경하게 가리온 경을 범인이라고 지목하고 있거든요."

"마르티네즈 경이요? 마르티네즈 경이 살아 있나요?"

"아직 병석에 누워 있지만 목숨엔 큰 지장은 없다고 합니다."

그렇다면 가리온이 범인이 아니라는 건 본인이 제일 잘 알 텐데?

로렌스 황태자도 내 생각에 찬성하는지 고개를 주억거렸다.

"저도 가리온 경이 그런 비겁한 수를 쓸 분이 아니라는 건 알고 있습니다. 하지만 마르티네즈 경을 따르는 기사들과 친분이 있는 귀족들이 압박을 해 와서 어쩔 수 없었습니다."

황태자의 난처한 입장도 이해가 간다.

그가 황태자에 올랐다고는 하지만, 아직은 지지기반이 약한 상황.

네크로의 잔당을 해치워서 민심이 좋고, 일부 귀족들의 지지를 얻었다고는 하지만 아직 확고할 정도는 아니다.

그런 상황이다 보니 여러 기사들과 귀족들의 요청을 거부하기 어려운 거겠지.

"사방팔방으로 조사를 하고 있지만 아무런 증거도 나오지 않는 데다가, 정황상 가리온 경 말고는 마르티네즈 경에게 위해를 가할 수 있는 상황이 아닙니다."

상황이 이렇다 보니 그들과 척지지 않기 위해서는 이런 액션이라도 취할 수밖에 없는 것이다.

황태자는 그 말 자체를 하는 게 미안한 듯 나와 시선을 마주치지 못했다.

"그래도 마르티네즈 경이 계속 집에 있던 것도 아닐 텐데, 아니, 집에 있어도 항상 홀로 있지는 않았을 텐데 다른 범인 후보는 없는 겁니까?"

"마르티네즈 경은 경기 당일 집중을 위해 금식을 했다고 합니다. 그리고 그는 대기실에 머문 잠깐의 시간을 제외하고는 전부 공개된 장소에 있었기 때문에 그 혼자만 중독시키기는 어려웠을 겁니다. 그렇다고 직접 하독을 당했다면 마스터인 그가 눈치를 못 챌 리가 없겠죠."

그런데 그런 마르티네즈가 가리온을 범인으로 지목했다 이건가.

"그래도 가리온 경은 타국의 기사고, 용사님의 동료시니 큰 처벌은 가해지지 않도록 노력하겠습니다만……."

마르티네즈가 그토록 처벌을 강경하게 주장하니 그냥 넘길 수는 없는 노릇.

거기다 수많은 관중 앞에서 그런 일이 벌어졌으니 오욕을 뒤집어쓰겠지.

이건 황태자조차 막아 줄 수 없는 문제였다.

"그렇다고 폐하께 부탁을 드릴 수도 없고요."

"그러면 더더욱 안 좋은 소문이 퍼지겠죠."

황제가 마르티네즈를 불러 자중시키는 것은 가능할 것이다.

하지만 그리 된다면 오히려 일이 안 좋게 흘러갈 가능성이 높지.

마치 '코끼리를 생각하지 마!' 라고 하는 것처럼.

코끼리를 생각하지 말라고 하는 순간 오히려 코끼리를 떠올리게 되는 것이다.

제국에서 가리온의 이미지는 완전히 엉망이 되겠지.

그를 데리고 있는 나도 마찬가지고.

그렇게 된다면 내가 쌓아 왔던 이미지도 무너질 게 분명했다.

결국 방법은 단 하나뿐이었다.

"마르티네즈 경을 직접 만날 수 있겠습니까?"

* * *

내가 알기로 창기사 마르티네즈는 유우부단하고 소심한 인물이었다.

그런데 그런 그가 자신의 세력까지 동원해서 가리온을 범인이라 몰아붙이는 건 뭔가 확신이 있거나 다른 이유가 있지 않고서는 말이 안 된다.

"죄송하지만, 가주님께서는 현재 와병 중이시라 손님을 받기 어렵습니다."

"제가 누군지 전하셨나요?"

"예, 물론입니다. 정말로 죄송합니다만, 지금은 가까운 친척조차 만나기 힘들어하십니다. 몸이 좋아지시게 되면 제일 먼저 연락드리겠습니다."

지금은 상태가 많이 좋아졌다고 알고 있는데도 용사의 방문조차 거절하는군.

역시 들은 대로 소심한 성격답다.

하지만 이래도 그럴 수 있을까?

"어쩔 수 없네요. 창기사로 이름 높은 마르티네즈 경을 직접 뵙고 싶어서 황태자 전하의 소개장까지 갖고 왔는데도 뵐 수 없다니 어쩔 수 없군요. 이만 물러가겠습니다."

"자, 잠시만 기다려 주십시오. 황태자 전하의 소개장이라고 하셨습니까?"

바로 태도가 달라지는 집사.

나는 제국의 인장이 찍혀 있는 편지를 내밀었다.

그것을 본 집사의 얼굴이 당황으로 일그러졌다.

"그, 그걸 먼저 보여 주시지 그러셨습니까?"

"아아, 와병 중이신 마르티네즈 경께 부담을 드리면 안 되지 않겠습니까?"

"부, 부담이라뇨! 안으로 들어오셔서 잠시만 기다려 주시겠습니까?"

집사가 당황하는 모습은 황태자에게 당당하게 처벌을 요구하던 것과 어울리지 않는 모습이었다.

집사는 대문을 활짝 열어젖히고 안으로 나를 인도했다.

창기사 마르티네즈의 저택은 나름 고급스럽기는 했지만, 그렇게까지 화려하지는 않았다.

따로 마법진 같은 것도 설치되어 있지 않았고 특이한 아티팩트도 보이지 않았다.

그렇게 집사를 따라가며 저택을 분석하고 있는데 마르티네즈의 방에 도착하기도 전에 침실의 문이 열렸다.

방 안에는 40대 중반 정도로 보이는 중년의 사내가 초췌한 몰골로 침대에 앉아 있었다.

"어서 오시오. 용사 네자르. 나는 창기사라는 이명으로 불리고 있는 마르티네즈라고 하오."

"그 유명하신 창기사를 만나게 되어 영광입니다."

마르티네즈는 우리가 손을 맞잡기 무섭게 물어 왔다.

역시 소심한 성격다웠다.

"황태자 전하께서 소개장을 써 주셨다고 들었소."

"으음, 와병 중에 죄송하지만 여쭤볼 게 있어서 실례인 걸 알면서도 부탁을 드렸습니다."

"여쭤볼 거라면?"

내가 여기까지 찾아올 이유가 뻔한데 직접 말해 주길 원하는 건가.

나는 거절하지 않았다.

"아시지 않습니까? 누군가 마르티네즈 경에게 독살 시도를 하셨다고 들었습니다."

"아…… 그것 말이오?"

마치 올 것이 왔다고 생각하는 듯 눈을 꾹 감았다 뜨는 마르티네즈.

"가리온을 범인으로 지목하셨다고 들었습니다만 이유를 알 수 있겠습니까?"

"그건……."

가리온을 범인이라고 강경하게 지목했다고 들었는데 어째서 대답을 망설이는 거지?

"본인은 태어나서 지금까지 누군가에게 독살 시도를 당할 정도로 원한을 산 적이 없소. 그만큼 무던하게 지내 왔다고 생각하오. 그런데 정황상 본인에게 독살을 시도했을 때 가장 이득을 볼 만한 사람이 가리온 경밖에 없었소."

"그러니까 정황만으로 가리온이라고 단정 지으시는 건가요?"

"그건 아니오. 마스터가 되면 감각이 예리해져 누군가 본인에게 살의만 품어도 그걸 눈치챌 수 있지. 그런 본인에게도 들키지 않고 하독을 하기 위해서는 적어도 가리온 경 정도의 실력이 되어야 하오."

"그러면 가리온이 범인이라는 증거는 마르티네즈 경에게도 없다는 소린가요?"

거기까지 말하자 마르티네즈가 당황한 듯 눈을 굴렸다.

"즈, 증거는 있소. 내가 이상을 느꼈을 때 근처에 있었던 것은 가리온 경뿐이오."

"그런데 왜 그때 지목하지 않고 나중에야?"

"그, 그건 확실하지 않은 사실로 가리온 경만큼의 인재를 욕보이고 싶지 않았소. 나중에 확신이 들었을 때가 돼서야 그를 지목한 것이오!"

마르티네즈의 눈빛이 흔들리더니, 이내 내 시선을 피했다.

나는 그런 마르티네즈를 보다가 고개를 끄덕였다.

"알겠습니다. 대답 감사합니다."

갑작스러운 마무리에 마르티네즈의 얼굴엔 의문이 가득했지만, 난 그 의문을 풀어 주지 않고 그에게 작별 인사를 했다.

"와병 중이신데 귀찮게 해서 죄송합니다. 그럼 물러나 보겠습니다."

"그, 그렇게 하시오. 나도 용사를 만나 뵈어 영광이었소. 잘 들어가시오."

저택에서 빠져나오자마자 조용히 있던 알바가 못 참고

입을 열었다.

[저 마르티네즈란 자가 거짓말을 하는 것 같지 않나?]

"그렇겠지. 구구절절 말을 길게 하는 꼴이나 눈 굴리는 걸 보면."

[하지만 꼴을 보아하니 독에 당한 건 맞는 것 같다만.]

루스가 옆에서 물어 왔다.

"그건 그럴 수도 있겠지. 초췌해지기까지 한 걸 보니까 뭔가 있기는 한 것 같은데 그건 내가 알 바 아니지."

내게 중요한 건 누가 무슨 목적으로 가리온에게 죄를 뒤집어씌웠는지니까.

[그럼 마르티네즈가 거짓말을 했으니 밝혀진 게 아닌가? 그런데 왜 그냥 넘어간 거냐?]

알바가 걸음을 멈추고 나를 돌아보았다.

녀석의 표정은 마치 '네가 그럴 놈이 아니지 않느냐'고 말하고 있는 것 같았다.

"마르티네즈를 만나 보니까 알겠어. 저자는 그런 음모를 계획하고 실행할 수 있는 인물이 아니야. 그렇다는 건 배후에 누군가 있다는 거겠지."

[그럼 누가?]

"그건 지금부터 알아 봐야겠지."

그러면 일단 유인을 해 볼까?

옛날부터 귀족들의 의견이 부딪칠 때 전통적으로 해 왔던 수단이 있다.

바로 결투 재판이었다.

이는 신께서는 옳은 자에게 승리를 주실 거라는 말도 안 되는 믿음에서 시작되었다.

물론 시간이 흘러가며 그 믿음이 서서히 깨져 지금은 주로 사용하지 않는 수단이지만, 아직 계급 구조가 견고한 제국에서는 간간이 볼 수 있었다.

"그런데 제가 마르티네즈 경에게 결투 재판을 제안하라고요?"

"그래. 마르티네즈는 분명 네 제안을 받아 줄 거야."

"당연하겠죠. 고작해야 익스퍼트인 제가 마스터인 마르니테즈 경을 이기는 게 가능할 리가 없으니까요!"

가리온은 어이가 없다는 듯 언성을 높였다.

"아냐. 너도 가능성이 있어. 넌 알테시오 변경백의 아들인 테오를 이겼잖아? 테오는 마스터의 벽에 다다른 검사였다고."

"그분은 마스터도 아니었고 주화입마인 상태였잖아요. 제가 한 등급 위의 검사를 이겼다고 한들, 익스퍼트 상급과 마스터의 차이는 그보다 크다고요. 네자르 님도 아실 텐데요?"

가리온은 겸손한 게 문제야.

너무 겸손하다 보니 자신의 실력을 객관적으로 파악하지 못하니.

"그렇지만 넌 내가 보기엔 마스터의 벽에 다다랐어. 금방 마스터에 오를 수 있을 거야."

가리온이 익스퍼트 상급에 오른 지도 꽤 시간이 지났으니, 녀석이 내가 다른 차원에 가 있는 동안 열심히 수련했다면 충분히 벽에 이르렀을 터.

"거기다 너는 아리스의 버프와 상황 덕분이긴 했지만, 마스터인 검상인 필리온을 이기기도 했잖아? 충분히 가능성 있어."

"그건 맞지만…… 그걸로 제 목숨을 걸기에는……."

"부족하지?"

로렌스 황자의 말대로 아무리 상황이 불리하게 흘러가도 가리온에게 오는 피해는 약간의 오명이 고작이었다.

그게 목숨보다 소중한 귀족들도 있겠지만, 가리온에게 그 정도의 가치는 없을 거다.

어차피 마스터가 된다면 그 정도쯤이라고 할 정도의 명예가 생길 테니.

"상대방도 그렇게 생각하겠지."

* * *

마르티네즈는 네자르가 보낸 피보다 붉은 편지봉투를 보며 고민에 빠졌다.

내용은 펴 보지 않아도 알 수 있었다.

붉은색 봉투는 보통 전쟁 선포나 결투 같은 피를 흘려

야 하는 상황에만 사용하는 색이니.

"아니, 아무리 가리온 경이 나이에 비해 뛰어나다지만, 감히 주인님께 결투 재판을 신청하다니 이 얼마나 오만한 일입니까!"

"……."

침묵하는 마르티네즈를 대신해 집사가 대신 분노를 토했다.

"이는 분명 주인님이 와병 중이라 만만하게 생각한 게 틀림없습니다!"

"알겠으니 물러나게. 소리를 지르니 머리가 어지럽군."

"아앗! 죄, 죄송합니다. 그럼 가리온 경에게는 뭐라고 전할까요?"

"……받아들이는 걸로 하지."

집사는 마르티네즈의 대답을 듣고 조용히 문을 닫고 나갔다.

마르티네즈는 주변을 둘러보고 인기척이 느껴지지 않는 걸 확인하고서야 한숨을 내쉬었다.

"아니, 이런 일로 결투 재판이라니 용사는 제정신인가?"

설마 익스퍼트인 가리온이 마스터인 자신에게 결투 재판을 신청할 거라곤 전혀 예상하지 못했다.

물론 얼마 전 대결에서 경험한 가리온의 실력은 간담이 서늘해질 정도였다.

실시간으로 자신의 창술이 잡아먹히던 기분은 정말 최

악이었다.

그렇다고 하더라도 그건 어디까지나 경지를 제한했던 대결이었다.

강기의 제한이 풀린다면, 가리온이 제아무리 천재라고 해도 자신을 이길 수 있을 리가 없었다.

"설마 다른 수가 있는 건가?"

그래, 그게 분명했다.

그게 아니고서는 이런 희박한 확률에 목숨까지 걸 이유가 없지 않은가.

"하지만 어떤 수를 쓰더라도 나를 이기진…… 아니야. 실제로 검상인 놈을 이기기도 했지."

전적까지 있으니 마르티네즈의 불안을 자극하기엔 충분했다.

그렇게 손톱을 초조한 듯 손톱을 잘근잘근 씹을 때.

창문이 열리며 바람이 몰아닥쳤다.

"오늘은 뭘 걱정 중이지? 겁쟁이 마르티네즈."

그리고 그 바람을 타고 들어온 사내 한 명.

그는 마르티네즈가 누워 있는 침상에 걸터앉아 그가 마시려고 떠다 놓은 물을 들이켰다.

"네 놈이 벌인 일 때문이지. 필리온."

"내가 벌이다니? 약을 요구한 것도 너고, 그걸 알맞게 복용하지 않아 중독된 것도 너, 그걸 가리온의 탓으로 돌린 것도 결국 네가 아닌가?"

"가리온의 탓으로 돌리라고 한 것은 네 요구가 아니었나!"

마르티네즈의 몸에서 살기가 뿜어져 나왔다.

쩌적!

필리온이 쥐고 있던 컵이 살기를 버티지 못하고 금이 갔다.

와병 중이라고는 생각하지 못할 정도의 강렬한 살기.

그리고 그 순간이었다.

"이, 이건 뭐냐?"

마스터인 마르티네즈가 반응할 틈도 없이 그의 목에 겨눠진 검 하나.

그 검은 필리온의 팔에서 솟아 나와 있었다.

"아, 미안하다. 아직 이걸 다루는 게 익숙지 않거든. 그러니 앞으로 살기를 내뿜을 때는 조금 더 주의해 주길 바라."

필리온은 검으로 변한 팔을 다시 손으로 변환시켜 딱딱하게 굳어 있는 마르티네즈의 어깨를 토닥였다.

"원래부터 이게 목적이었군. 나를 이용하여 가리온을 죽이려는 건가?"

마르티네즈는 필리온과 있었던 일을 떠올렸다.

황태자의 즉위식에 펼쳐진 검술 대회에 가리온이 출전했다는 소식을 듣고 마르티네즈는 긴장했었다.

그가 아무리 익스퍼트라고 하여도 그는 범재인 자신과는 다르게 10대의 나이에 익스퍼트 상급에 이른 천재 검사.

심지어 그는 마스터인 필리온과도 싸워서 이긴 적이 있었다.

그것만으로도 그는 질 확률이 있었다.

그리고 만약 그 일이 실제로 일어난다면 자신의 명예도 땅바닥에 처박힐 게 분명할 터.

그래서 그는 기권을 고려했었다.

'도움이 필요한가.'

그때 필리온이 나타났다.

마르티네즈는 같은 마스터로서 친분이 있는 그가 내미는 약을 별생각 없이 받아들였다.

하지만 그 약은 필리온의 장담처럼 그를 더 강하게 만들어 주었으나 부작용이 있었다.

그 부작용 때문에 결국 가리온과의 대결에서 패배하고 만 것이다.

진짜 문제는 그 이후부터였다.

'내 지시에 따르지 않는다면 네가 먹은 약에 대해 폭로하지.'

필리온이 준 약은 네크로가 암약하던 시절 강자들을 유혹하기 위해 뿌리던 약이었다.

이를 부정하고 싶어도 수많은 관중 앞에서 부작용을 보여 버렸으니 부정하는 것도 불가능했다.

요즘 시기에 만약 이 사실이 밝혀진다면 마스터인 그라도 목이 날아갈 게 뻔했다.

"그러니 독이 들은 성배를 마실 때는 고민을 했었어야 지."

"크윽……."

"괜찮아. 내 요구는 이번이 마지막이다. 약도 원한다면 더 준비해 주도록 하지."

필리온이 품에서 봉투 하나를 더 꺼냈다.

이전에 그가 먹었던 약보다 확연히 많은 양.

마르티네즈는 그것을 보고 왠지 모르게 입맛이 도는 걸 느꼈다.

그는 모르지만, 이 약은 마스터에게까지 작용할 정도로 강한 중독성이 있었기 때문이다.

필리온은 마르티네즈의 손이 약으로 다가오는 걸 보고 약을 뒤로 당겼다.

"그래서 대답은?"

"……."

"자네도 마스터의 경지 너머를 구경하고 싶지 않은가?"

물론 이 약 먹는다고 구경조차 하지 못했던 마스터 너머의 벽이 보이지는 않을 것이다.

하지만 필리온의 유혹은 마르티네즈의 마지막 자제력을 무너트리긴 충분했다.

"……알겠다."

그리고 필리온의 손에서 마르티네즈에게 약이 넘어갈 때였다.

"현장 검거!"

내가 들이닥쳤다.

"용사 네자르! 당신이 어떻게 이곳에……!"

"어떻게긴. 문을 열고 들어왔지."

"혼자 온 건가?"

당황하며 어쩔 줄 몰라 하는 마르티네즈와는 달리 필리온은 상대적으로 차분하게 자리에서 일어났다.

"내가 혼자 왔겠어? 이미 기사단이 마르티네즈 경의 저택을 포위하고 있지."

"어떻게 알고 그런 짓을 벌인 거냐?"

"저거."

나는 탁자 위에 있는 편지봉투를 가리켰다.

"앗!"

그제야 마르티네즈는 편지봉투 곁에 그려져 있는 마법진을 발견한 듯 소리를 질렀다.

마스터마저 알고 나서야 겨우 인지할 정도로 희미하게 빛나는 마법진.

그 마법진을 통해 나는 둘의 대화를 실시간으로 듣고 있었던 것이다.

"그러니 네 감각만 믿지 말고 간단한 경계 마법이라도 설치해 놓지 그랬어."

저번에 방문했었을 때 저택에 별다른 마법이 안 걸려 있다는 걸 확인하고 사용한 방법이었다.

나는 그렇게 마르티네즈를 비웃어 주고 필리온에게 고개를 돌렸다.

"그런데 그렇다고 하더라도 범인이 이렇게 빨리 나타날 줄은 몰랐어. 새로운 팔이 생겼더니 빨리 사용해 보고 싶어 몸이 많이 달았었나 봐?"

"네놈······!"

필리온이 이를 갈았다.

"가리온, 그 꼬맹이는 어디에 있지?"

아, 나를 향해 이를 간 게 아니구나.

나는 뒤를 가리키자 걸어 나오는 가리온.

"마르티네즈 경. 당신을 존경했습니다만, 네크로에게 손을 벌릴 줄이야. 실망했습니다."

"아니, 그건······."

마르티네즈가 뭐라 대답하려는 찰나 필리온이 팔을 검으로 바꾸고 가리온에게 돌진했다.

"내 팔의 복수를 해 주마!"

"어딜."

절대명령: 공간 동결.

쨍!

"네놈······! 방해하지 마라!"

내 마법 때문에 튕겨 나간 필리온이 소리쳤다.

"이미 패배한 놈하고 싸워서 뭐해?"

"뭐, 뭐라!"

나는 분노하는 필리온을 보고 가리온의 옆구리를 쿡 찔렀다.

그러자 가리온이 내가 알려 준 말을 내뱉었다.

"응, 안 해요. 필리온 경 개 약하잖아요."

픽!

귀에는 들리지 않았지만 뭔가 끊어지는 느낌이 났다.

그건 필리온의 이성의 끈이 분명했다.

"네놈이이이이!!!"

필리온의 분노에 반응한 듯 칼로 변했던 팔이 기괴하게 꿀렁거렸다.

녀석은 이내 그것을 벼락처럼 휘둘렀다.

쩌억!

마치 채찍처럼 휘둘러진 팔은 그 궤적대로 저택을 절단해 버렸다.

하지만 우리가 서 있던 곳 뒤로는 멀쩡했고.

"크아아악!"

오히려 녀석이 잘린 팔을 들고 비명을 질러댔다.

내 공간 왜곡에 휩쓸린 결과였다.

"패배자는 내가 상대해 줄 테니 가리온 너는 걱정 말고 하던 거 해."

그 말을 듣고 가리온은 천천히 앞으로 걸어 나갔다.

마르티네즈는 그제야 가리온의 손에 들려 있는 창을 바라보았다.

그것은 자신이 쓰던 애병, 알테라였다.

"마르티네즈 경, 당신에게 결투 재판을 제안합니다."

가리온은 알테라를 마르티네즈의 발치에 던졌다.

푸욱!

그의 애병은 단단한 대리석 바닥을 뚫고 박혔다.

"어차피 진실이 밝혀졌는데 결투 재판이 무슨 의미가 있겠소."

"하지만 그대로 죽을 수는 없지 않나요?"

"잔인하군……."

마르티네즈는 침대에서 천천히 일어나 바닥에 꽂혀 있는 그의 애병을 잡았다.

"그대가 요구한 결투 재판을 받아들이지. 신성한 신께서 우리의 결투를 내려다보시고 축복해 주시길……."

난 둘이 결투를 시작하는 걸 보고 다시 고개를 돌렸다.

고통에 신음하는 필리온의 모습은 이미 인간의 모습에서 한 발짝 벗어나 있었다.

나는 그런 녀석을 바라보며 지팡이를 들어 올렸다.

"슬슬 우리의 결투도 시작하도록 하지. 신성한 신께서는 우리의 결투는 안 봐줬으면 좋겠는데 말이야. 흉한 모습을 보시고 눈 상하실라."

"네놈이 아무리 용사라지만, 오만하구나! 마법사 주제에 이런 좁은 공간에서 내게 승부를 걸다니!"

필리온의 말대로였다.

일대일 전투에서 마법사보다 검사가 유리한 것은 상식.

거기다가 장애물이 많고 전장이 좁은 실내라는 조건까지 붙어 있으니 필리온이 자신만만해할 만했다.

"오만하다니, 이러면 어떨까?"

내가 손가락을 튕기자 바닥에서 마법진이 떠올라 명멸했다.

"무, 무슨 짓을 하는 거냐!"

필리온은 마법진에서 맥동하는 마력의 양을 느끼고는 곧 나를 제지하려 달려들었지만.

파아아앗!

"이, 이게 무슨……!"

나와 필리온의 모습이 어그러지며 크기가 점차 줄어들었다.

혼란스러워하던 필리온이 겨우 정신을 차릴 때쯤.

바닥에 깔려 있던 카펫의 숱이 나무만큼이나 거대해졌고, 천장은 아득하게만 보였다.

"이러면 얘기가 달라지겠지?"

"너, 어떻게 내 감각을 속인 걸로 모자라 항마력을 무시할 수 있었던 거냐!"

"네게 직접 마법을 건 게 아니라, 이 공간 자체를 결계로 만들었기 때문이지."

이리나에게서 배운 결계 속성으로 저택을 감싸는 결계를 세우고, 내 시공간에 대한 이해를 토대로 일레르트의 환각 마법을 이용하여 우리가 인지하는 공간의 크기를 조율했다.

"이 정도의 대마법을 우리가 모르는 새에 구축했다고?"

"너희는 진작 내 마법에 걸려 있었거든."

"설마 우리를 일부러 자극했던 건가!"

환각 마법의 특징은 시간만 충분하다면 작은 크기로부터 시작해서 점점 규모를 키워갈 수 있다는 것.

작은 환각부터 시작하기에 아무리 마스터라고 하더라도 위화감을 느끼기 힘들 터였다.

그리고 그 작은 위화감마저 둘을 자극해 눈치채지 못하게 만드는 거지.

"그만한 노력을 들여 시전한 마법으로 고작 전장을 넓히는 게 끝인가?"

"왜? 내가 제국 기사들을 불러 놓곤 직접 싸움에 나선 이유가 궁금하기라도 한가 보지?"

필리온은 대답하지 않았지만, 침묵만으로도 긍정하고 있다는 걸 알 수 있었다.

"기사들로는 희생 없이 너를 붙잡는 게 힘들겠지. 실수로 죽여 버릴지도 모르고."

그리고 피식 웃고서 녀석의 팔에 턱짓했다.

"또, 네가 갖고 있는 무기가 뭔지 아는데 미쳤다고 기사들을 부르겠어? 그거 티르빙이잖아."

"네놈이 어떻게 그걸……?"

티르빙은 세계수의 가지에 마기를 불어넣어 만든 의수였다.

이 의수는 사용자가 원하는 대로 모습을 변환하는 능력뿐만 아니라 상처를 입히면 그 상처에 마기를 스며들게 해 중독시키는 능력까지 있었다.

그리고 그 마기가 골수까지 파고들면 일시나마 육체의 통제권까지 뺏을 수 있었으니 필리온의 입장에서는 기사들도 싸움에 참전하길 원하고 있었으리라.

"야비한 자식……."

"남을 협박해 청부 살인하려던 놈이 그런 말을 할 자격이 있어?"

필리온은 내게 팔을 겨누었다.

모든 게 내 의도대로 흘러가고 있긴 하지만 그렇다고 해도 이 상황 자체가 아직 그에게 유리한 것도 사실이었다.

마법사와 검사의 대결인 데다가 나는 지금 저택을 아우르는 마법을 유지하고 있으니까.

"우오오오!"

녀석은 내게 달려오며 팔을 닿지도 않는 거리에서 찔러 넣었다.

그 순간 팔이 길어지며 순식간에 내게 뻗어 왔다.

나는 다급히 실드를 시전해 팔을 빗겨 치며 옆으로 물러섰다.

콰각!

하지만 녀석의 팔은 계속해서 뻗어 나가 솟구쳐 있는 기둥에 박혔다.

카드득!

이내 기둥을 관통한 팔의 말단이 두 갈래로 갈라지며 닻처럼 휘어 기둥을 붙잡고는 그대로 줄어들자, 녀석이 엄청난 속도로 내게 접근했다.

하지만 그가 지금까지 눈치채지 못한 것이 있었으니.

크허엉!

바로 신수의 존재.

내 곁에서 지금까지 기척을 죽이고 있던 신수들이 튀어나왔다.

알바는 필리온을 향해 뛰어들었으며 루스는 녀석의 팔에 불을 내뿜었다.

"짐승 주제에 감히!"

필리온의 팔에서 몇 줄기의 가지가 돋아나 대응해 보려고 했지만, 내가 8서클에 이르면서 둘은 거의 마스터에 버금갈 정도로 강해졌다.

본체로 맞받아치면 모를까 저런 어설픈 공격으론 오히려 피만 볼 뿐이었다.

서걱!

"크아아악!"

녀석의 팔에서 솟아 나온 가지가 불타고 조각조각 잘렸다.

녀석은 발악하듯 수많은 가지를 뻗어 냈지만.

[얼어붙어라!]

아리에스의 숨결에 꽁꽁 얼어붙어서 깨져 흩어졌다.

그때였다.

녀석도 당하고만 있지 않겠다는 듯 기둥에 박혀 있던 팔을 뽑아내 낫처럼 휘어지게 만들고는 우리에게 휘둘렀다.

녀석의 의도는 우리가 피하지 못할 정도로 넓은 범위를 한 번에 베어 내려는 것일 테지만, 글쎄?

좋은 판단은 아닌 것 같다.

"절대명령: 공간 왜곡!"

공격 범위가 넓은 만큼 속도도 느려지고 궤도를 예측하기 쉬우니까.

콰직!

녀석의 팔이 마치 무거운 것에 짓이겨진 것처럼 찌그러지며 잘려 나갔다.

"자신의 강점을 포기하고 어설프게 남의 흉내를 내다간 이렇게 되는 거야. 알겠어?"

검사가 마법사보다 뛰어난 점 중 하나는 바로 뛰어난 신체 능력에서 비롯된 빠른 속도.

그에 반해 마법사의 장점은 공격 범위가 넓다는 것이다.

그런데 녀석은 자신의 강점을 포기하고 어설프게 마법사를 흉내 냈다.

그러니 이런 결과가 나올 수밖에.

"크흑…… 비겁하게 여러 명이 공격하면서 입만 살았구나!"

"우리가 가리온네처럼 결투하고 있던 건 아니잖아?"

녀석은 팔을 재생시키더니 신음을 토했다.

그러고는 팔을 휘둘러 거대한 양손검의 형태로 바꾸었다.

"그래, 결투가 아니다라…… 네 말이 맞군. 그렇다면 나도 모든 수를 써 너를 죽여 주지."

녀석은 양손검으로 방패처럼 몸을 가리며 뛰어왔다.

녀석에게 신수들이 온갖 능력들을 퍼부어봤지만, 거대한 양손검에 막혀 아무런 타격도 없어 보였다.

금세 내 앞에 다다른 필리온.

"블레이즈 실드!"

나는 녀석이 휘둘러 오는 검의 궤도에 맞게 실드를 가져다 댔으나.

그 순간 녀석의 검이 작아지며 블레이즈 실드와 엇갈렸다.

서걱!

"얕았나……."

내 가슴팍을 아슬아슬하게 스치고 간 검.

만약 조금만 더 검이 길었다면 그대로 승부가 날 뻔했다.

내가 숨 돌릴 새도 없이 검이 솟구쳐 올라왔다.

[네자르!]

아리에스가 급히 얼음벽을 세워 내 앞을 막았다.

그리고 분명 녀석의 검이 얼음벽에 막혔지만.

녀석은 웃고 있었다.

"이럴 줄 알았다."

콰앙!

그 순간 검에서 폭발이 일었다.

녀석의 공격으로 이미 균열이 나 있는 얼음벽 정도는 그대로 부숴 버릴 정도.

우리는 폭발에 휘말려 뒤로 튕겨 나갔다.

"크윽, 방금 검은 레바테인?"

"그래, 안목이 있군. 검신에 폭발 마법진이 새겨져 있는 검이지."

"그걸 어떻게 재현해 낸 거지?"

녀석이 들고 있는 검은 녀석이 티르빙을 이용해 만들어 낸 가짜였다.

그런데 가짜가 단순히 외형만이라면 몰라도 마법진까지 발동할 수 있을 리가 없었다.

녀석은 폭발에 휘말렸는데도 아무렇지 않은 듯 씨익 웃었다.

"네 충고 덕분이지. 네 말대로 진작 내 강점을 이용할 걸 그랬어."

"네 강점?"

"내 이명이 왜 검상인인 줄 아나?"

보통 검사는 특별한 경우가 아닌 이상 자신의 애병 하나만 사용하는 경우가 대부분이었다.

하지만 녀석은 갖고 있는 무기만 수십 개에 뛰어난 무기를 구하기 위해서는 온갖 더러운 수도 일삼는 특이한 녀석이었다.

그런 녀석을 비웃기 위해 만들어진 별명이 바로 검상인.

자신의 무기에 애정을 갖지 않고 상인이 상품을 대하는 것처럼 한다고 해서 붙여진 별명이었다.

"잠깐, 설마……!"

"그래, 세간에서는 내가 검에 대해 애정이 없다고 하지만 그건 꽉 막힌 놈들의 오해. 사실 나는 누구보다 검을 사랑한다. 하나만 사랑하기엔 넘쳐흐를 정도로."

녀석은 의수에서 새로운 검들을 뽑아냈다.

녀석이 만들어 낸 가짜 검들은 내가 들어본 것들도 있었고 내가 모르는 검들도 있었다.

하지만 하나 공통점은 검 한 자루 한 자루가 어디에 내놔도 부족하지 않을 명검이라는 것이다.

"나는 내가 가지고 있는 모든 검들의 길이, 폭, 재질뿐만 아니라 어울리는 검술까지 전부 알고 있다.

녀석은 수십 자루의 검들에 둘러싸인 채로 말했다.

"네가 내 검을 몇 개나 버틸 수 있을지 기대가 되는군."

나는 그런 녀석을 보며 진땀을 흘리며 말했다.

"오우야…… 역시 숨겨진 한 수가 있었군. 직접 싸우면 낭패를 볼 뻔했어."

"뭐라고?"

"아니야, 아니야. 계속 해."

그러자 녀석은 뭔가 이상한 점을 느낀 듯 갑자기 주변을 두리번거렸다.

"너…… 설마……."

"아, 들켰나? 그럼 다시 처음부터!"

그 순간.

세상이 깨져 흩어졌다.

"네놈이 아무리 용사라지만, 오만하구나! 마법사 주제에 이런 좁은 공간에서 내게 승부를 걸다니!"

녀석은 그렇게 외치고 고개를 갸웃거린다.

왠지 데자뷔라도 느껴지는 모양.

'역시 마스터쯤 되니 오래 속여 먹는 건 힘이 드는군.'

사실 전장을 확장한 다음 모든 전투가 전부다 녀석의 환각이었다.

녀석의 시선을 다른 곳으로 돌린 다음 환각을 걸어 버린 것이다.

이걸로 녀석이 네크로의 약을 어디서 구했는지부터 해서 숨어 버린 네크로의 잔당들의 위치까지 전부 다 캐낼 수 있을 것이다.

나는 필리온이 환각에서 깨어나지 않도록 세세한 조절을 다시 해 준 다음에 마르티네즈와 가리온이 전투를 벌이고 있는 곳을 향해 시선을 옮겼다.

둘은 처음엔 넓어진 전장에 당황하다가 가리온이 먼저 상황을 인지하고 서로를 향해 공격을 시작했다.

"하앗!"

선공은 상황을 더욱 빠르게 인지한 가리온이었다.

마르티네즈는 그 와중에도 본능적으로 강기를 일으켜 가리온의 검을 막았다.

채앵!

"흠! 검기로 내 강기를 버텨 내다니!?"

"제 검이 좀 특별해서 말이죠!"

실전에서 익스퍼트가 마스터를 이길 수 없는 가장 큰 원인은 바로 강기였다.

마스터의 강기 앞에 검기는 무용지물에 불과하다.

하지만 가리온의 검은 드워프인 탈루다가 엘리시움으로 빚어낸 최고의 명검.

마르티네즈의 강기와 부딪쳐도 조금의 흠집조차 나지 않았다.

"나에게 자신 있게 결투를 신청했던 이유가 있었군. 하지만 나와의 격차는 겨우 무기 정도로 메꿀 수 없을 것이다!"

녀석이 마력을 회전시켜 육체를 강화했다.

그리고 가리온의 빈틈을 찔러 들어가는 창.

슈슈슉!

녀석의 움직임은 잔영이 보일 정도로 신속했다.

가리온은 이미 녀석과 상대해 본 경험 덕분에 아슬아슬하게 피할 수 있었지만, 그 공격 한 번으로 공세를 빼앗기고 말았다.

"너는 하늘이 내린 천재가 분명하다. 십 년만 지나도 나 같은 범재 정도는 금방 추월하겠지. 하지만 그 소리는 내겐 아직 십 년은 이르다는 소리다!"

마르티네즈는 창의 긴 사거리를 이용하여 가리온을 일방적으로 밀어냈다.

"이전에 싸웠을 때보다 더 움직임이 빨라졌어!?"

"그때 내가 전력으로 싸웠을 것 같으냐?"

아마 필리온이 준 약의 효과가 이제야 서서히 발현되고 있는 모양이었다.

필리온이 준 약이 그레고리나 지크가 먹었던 약과 똑같은 효과를 지니고 있다면 슬슬 약효가 돌기 시작할 때가 되기는 했다.

"이런, 결투는 공평하게 해야지."

나는 둘의 밸런스를 맞춰 주기 위해 손을 뻗었다.

3장

3장

 검기와 강기의 가장 큰 차이점이 무엇이냐 하면 마력의 밀도였다.

 마스터가 되면 마력을 사지처럼 능숙하게 다루는 것뿐만 아니라 압축까지 할 수 있게 된다.

 그렇기 때문에 육체도 더욱 효율적으로 강화할 수 있는 거고.

 "익스퍼트 주제에 내 움직임을 따라오다니 어떻게 하는 거지?"

 "으으윽……!"

 가리온은 마르티네즈의 연격을 종이 한 장 차이로 막고 피하며 이를 악물었다.

 이를 본 마르티네즈는 저도 모르게 탄성을 내뱉었다.

"허어, 말도 안 되는 마력 운용 능력이군. 나와 부딪칠 때마다 순간적으로 한 곳에 마력을 집중시켜서 내 속도를 따라온다고?"

"그게 아냐."

나는 마르티네즈의 말을 부정했다.

녀석은 마력 불능지체였다.

원하는 대로 마력을 움직일 수 있을 리가 없었다.

지금 가리온은 본능적으로 자신의 마력이 가장 집중된 방향으로 마르티네즈의 공격을 유도하고 있는 것이다.

"지금이야 마력을 낭비해서 어떻게든 따라오고 있지만 언제까지 따라올 수 있을까!"

카가각!

"크윽……!"

그것에도 한계가 있는 법.

애초에 익스퍼트인 가리온의 마력이 마스터인 마르티네즈보다 많을 리가 없었고, 마력을 압축할 수 있는 마르티네즈보다 마력의 낭비가 심할 수밖에 없었다.

콰직!

마르티네즈의 강기를 버티지 못하고 부서져 내린 가리온의 검기.

다행히 녀석의 검이 부서질 리는 없었기에 공격 자체는 막아 낼 수 있었지만, 강한 충격으로 자세가 무너지고 말았다.

"그 약삭빠른 짓거리도 이제 마지막이다!"

마르티네즈의 연격에 가리온은 힘겹게 검을 내미는 게 고작이었다.

그때였다.

"익스퍼트에게 강기까지 써 대면서 그런 소리를 할 자격이 있어?"

콰앙!

"네자르 님!"

"네놈! 신성한 결투를 방해하려는 거냐!"

내 공격을 피한 마르티네즈가 이를 갈며 외쳤다.

그런데, 그 신성한 결투에서 가리온을 엿 먹인 녀석이 할 말인가?

"걱정하지 마. 방해할 생각은 없으니까. 다만 밸런스 조절이 필요해 보여서."

나는 마르티네즈가 물러난 사이 가리온을 향해 마력을 내보냈다.

나에게서 뿜어져 나온 엄청난 마력이 가리온에게 깃들었다.

"이, 이건……!"

"마력을 넘겨 주려는 속셈이냐!"

마르티네즈는 경악하며 가리온을 향해 고개를 돌렸다.

"마력을 받으면 안 된다! 그러면 당장은 나를 상대하기

편해질지는 몰라도 타인의 마력은 독이나 다름없다!"

"뭐, 당장 죽는 것보단 낫겠죠."

가리온은 힘이 차오르는 걸 느끼며 다시 한번 검기를 뿜어냈다.

방금 부서졌던 검기보다 더욱 거대하고 찬란하게 빛나는 검기.

물론, 마력의 밀도는 강기에 비할 바는 아니지만 이전처럼 쉽게 부서지진 않을 것이다.

채앵!

"일단 당신이 놀라는 걸 보니 잘못된 선택은 아닌 거 같은데요?"

가리온은 마르티네즈와 무기를 맞부딪치며 씨익 웃었다.

이전과 다르게 녀석의 움직임에는 여유가 넘쳤다.

"천재인 줄 알았더니 단순히 객기가 넘치는 놈이었구나! 네가 한 짓이 무슨 짓인지나 알고 있느냐! 그만큼이나 마력을 받았으니, 네놈은 곧 죽게 될 것이다!"

"네자르 님이시라면 무슨 수가 있으시겠죠."

가리온의 담담한 말투에서 나에 대한 믿음이 묻어 나왔다.

"당연하지. 안심하고 맘껏 가져다 써."

일반적인 경우라면 마르티네즈의 말이 맞았다.

성질이 매우 비슷한 희귀한 경우가 아니라면 마력이 서로 반발할 수밖에 없기 때문이었다.

실제로 내가 주변 인물들의 마력을 끌어다 쓰는 것도 사실상 미친 짓이나 다름없었다.

그렇지만, 내가 누구인가?

내 서클 구조는 기존의 서클 구조보다 훨씬 안정적이기 때문에 문제가 없다.

물론 가리온의 경우는 이와 달랐지만, 마력을 보내주는 사람이 내가 아니던가.

이미 가리온의 마력을 여러 차례 받아 보면서 녀석의 마력 패턴 정도는 전부 꿰고 있었다.

내 마력으로 녀석의 마력 패턴을 흉내 내서 보내면 녀석의 마력과 반발할 리가 없었다.

"이…… 멍청한……!"

이 사정을 모르는 마르티네즈는 가리온을 답답한 듯 쳐다보면서도 마음이 급해지는지 더욱 거세게 공격을 퍼부었다.

그럼에도 이전과 전혀 다른 상황이 펼쳐졌으니.

서걱!

가리온이 마르티네즈의 내려치기를 힐트로 흘리더니 오히려 그 힘을 역이용해 마르티네즈의 얼굴에 상처를 낸 것이다.

"윽……!"

사소한 상처지만 지금까지 방어에만 급급하던 가리온이 공격에 성공했다는 것은 기점이나 다름없었다.

가리온의 몸으로 흘러간 내 마력들은 어느새 녀석의 마력과 섞여 거대한 격류를 이뤘다.

그러다 보니 녀석의 힘이 점점 증폭되기 시작했다.

"아니, 무슨 검기가……."

어느새 녀석의 검기는 3미터에 이르렀고 싸움 구도 자체가 바뀌었다.

원래라면 가리온이 거리를 좁히려 하고 마르티네즈가 멀어지려 하는 술래잡기였다고 하면, 지금은 마르티네즈가 술래가 되어 조급하게 가리온을 쫓고 있었다

"이런 말도 안 되는……!"

지금까지 단 한 번도 경험해 보지 못한 상황에 마르티네즈는 당황하여 잇따라 실수를 저질렀다.

그리고 가리온은 그 기회를 놓칠 녀석이 아니었다.

가리온은 무리하게 돌진해 온 마르티네즈의 창을 고개를 기울여 피함과 동시에 녀석의 팔 한쪽을 베어냈다.

서걱!

"크아아악! 내, 내 팔이!"

마르티네즈는 떨어져 나가는 팔을 보고 비명을 질렀다.

하지만 가리온은 어쩐지 아쉬운 듯 입맛을 다셨다.

"역시 창기사로군요. 목을 벨 생각이었는데 그 틈에 팔을 가져다 대다니."

"이, 이놈! 감히…… 입 다물어라!"

마르티네즈가 상처를 돌보지도 않고 반격을 날려보았

지만, 두 손으로도 이기지 못했던 싸움을 한 손으로 이길 수 있을 리가 없었다.

결국 수세에 몰린 마르티네즈는 마지막 발악을 했다.

"이렇게 된 이상 너를 죽이고야 말겠다!"

마르티네즈의 눈이 붉게 충혈되며 뜨거운 눈물이 흘렀다.

그러자 갑자기 녀석의 마력이 터무니없게 증폭되기 시작했다.

마력으로도 모자라 남은 생명력까지 불태우기 시작한 것이다.

"생명력을 불태울 거면 진작 태우던가 지금 태우기엔 이미 늦은 거 아니야?"

마르티네즈처럼 마스터의 경지에 이른 자가 생명력을 불태운다면 원래보다 몇 배는 강해질 것이다.

하지만 지금은 녀석의 팔이 잘린 것으로도 모자라 이미 궁지에 몰린 상황.

무슨 수를 써도 이미 승자는 가리온이었다.

그리고 그건 마르티네즈도 같은 생각이었던 것 같았다.

"아, 아니……!? 난 이럴 생각이 아니었는데!?"

당황스러운 듯 자신의 몸을 둘러보는 마르티네즈.

하지만 이미 타오르기 시작한 생명력은 멈출 수가 없었다.

그리고 얼마 지나지 않아 환각에 빠져 있던 필레온에게도 같은 증세가 일어나기 시작했다.

"갑자기 무슨 일이지? 설마 네크로가 약에 무슨 짓을 해놓은 건가?"

그렇지 않고서는 동시에 이런 일이 발생할 리가 없었다.

상황을 눈치채고 꼬리 자르기라도 하려는 건가?

"난감하네. 아직 필리온에게 정보를 다 캐내지도 못했는데……."

"제가 한번 해 볼게요. 제 비기라면 두 분을 살릴 수 있을지도 몰라요."

"음? 이미 생명력을 불태우기 시작했는데 어떻게 하려고?"

"으음…… 그냥 할 수 있을 거 같아요."

뭐라 설명해야 할지 난감해하는 가리온.

그러자 옛날에 카스틸리아 왕국에서 가리온이 했던 일이 떠올랐다.

헤르만이 인형들의 마력을 흡수하던 걸 중지시켰었지.

그 비기라면 가능할지도.

"그래, 그럼 한번 해 봐."

내가 고개를 끄덕이자, 가리온은 자세를 바로 잡고 검을 휘둘렀다.

비기 유토피아!

녀석의 검은 분명 허공을 가로질렀다.

하지만 대마법사에 이른 내 감각은 녀석의 검이 뭔가를 베었다고 말하고 있었다.

내 경지로도 완벽하게 이해할 수 없는 비기라니…….

"됐어요. 이미 타버린 생명력은 복구할 수 없겠지만 죽지는 않을 거예요."

녀석은 자신이 뭔 짓을 한 건지도 모르는 것 같았다.

"너는…… 하, 됐다."

나는 한숨을 푹 내쉬곤 어느새 쓰러져 바닥에 나뒹구는 마르티네즈와 필리온을 바라보았다.

* * *

어둡고 냄새나는 지하 어딘가.

이형의 마물들을 거느린 여성에게 복면을 쓴 사내가 달려와 무릎을 꿇었다.

"검상인과 창기사와의 연결이 끊어졌습니다."

"그렇군요. 그 둘은 좋은 제물이 될 수 있었는데 아쉽네요. 제대로 처리되었겠죠?"

"그, 그게……."

복면 사내는 조심스레 고개를 들어 여성을 올려다보았다.

이런 비루한 곳에 어울리지 않게 고귀해 보이는 외모의 여성은 속내를 알 수 없는 미소를 짓고 있었다.

"무슨 문제가 있었나요?"

"앗, 그게…… 폭주 명령까지는 들어갔지만, 어느 순간 부자연스럽게 연결이 끊어졌습니다. 아마 용사에게 죽은 게 아닐지……."

"'아마'라고요?"

이형의 마물을 쓰다듬고 있던 여성의 손이 멈추었다.

입가의 미소는 그대로였지만 눈이 미세하게 가늘어졌다.

"제, 제가 잘못 말했습니다! 확실할 겁니다!"

"그렇다면 다행이고요."

여성의 손이 다시 움직이는 걸 보고 복면 사내는 속으로 안도의 한숨을 내쉬었다.

"그럼, 둘을 대체할 제물은 구했나요?"

"둘만은 못해도 제물로 쓸 수 있는 자들을 모색해 두었습니다. 곧 확보에 들어갈 예정입니다."

"의식까지 날짜가 얼마 남지 않았어요. 아시죠?"

이번에 의식을 미루게 된다면 용사의 행보를 막을 수 없게 된다.

그러니 이 의식은 꼭 성공시켜야 했다.

"그전까지 꼭 구하도록 하겠습니다!"

"그분들은 까다로우시니 준비에 결코 실수가 있어서는 안 됩니다."

"알겠습니다!"

복면 사내의 목소리가 쩌렁쩌렁하게 지하를 울렸다.

그러자 이형의 마물이 불쾌하다는 듯 작게 꿈틀거렸다.

복면 사내는 순간 등에서 식은 땀이 흐르는 걸 느꼈다.

이미 저 이형의 마물에게 먹힌 동료가 두 손으로도 셀 수 없었다.

"이런, 화내지 마려무나. 식사를 한 지 얼마 안 됐잖니."

그러나 다행히도 복면 사내의 목숨은 여기가 끝이 아닌 듯했다.

다행히 이형의 마물은 손길이 만족스러운지 다시 여성의 품에 축 늘어졌다.

"그, 그럼 이만 저는 물러나도록 하겠습니다."

"그러세요."

여성은 복면 사내는 안중에도 없는지 이형의 마물만 바라보고 있었다.

복면 사내는 여성의 허락이 떨어지자 도망치듯 물러났다.

"그래? 그렇게 먹고 싶니? 그렇다면 어쩔 수 없지."

하지만, 자신의 운명에선 도망칠 순 없었다.

"먹으렴."

여성의 허락이 떨어진 순간.

"끄아아악!"

멀리서 커다란 비명소리가 울려 퍼졌다.

소름이 끼치는 상황에도 여성의 미소는 변함이 없었다.

아니, 오히려 짙어진 듯도 싶었다.

여성은 자신의 그림자에서 다시 기어 나온 이형의 마물을 쓰다듬으며 자신의 붉은 입술을 매만졌다.

"역시 인간은 맛있네요. 그렇다면 용사는 무슨 맛일까……?"

필리온과 마르티네즈에게 환각 마법을 걸어 알아낸 정보는 생각보다 많지 않았다.

마르티네즈는 필리온에게 속아 강제로 참여했기에 그렇다 치고.

필리온도 팔을 잃은 뒤에 네크로가 접근했다고 하니 신뢰를 얻기엔 시간이 부족했을 것이다.

"뭐, 이번 일을 독단으로 벌여 실패한 걸 보면 올바른 결정이었네요."

나는 어깨를 으쓱였다.

로렌스 황태자는 내가 캐낸 정보들이 써진 서류를 보며 쓴웃음을 지었다.

"저번 일로 네크로의 뿌리를 전부 뽑은 줄 알았는데 생각보다 이들의 손은 깊숙이 뻗어 있군요."

"그러니 지금까지 몇 차례나 마왕을 소환할 수 있었던 거죠. 그래서 제가 넘겨드린 정보들은 쓸모가 있던가요?"

"덩치가 큰 녀석들은 몇 잡았지만, 네크로의 지부들은 대부분 저희 손이 닿기 어려운 할렘가에 위치해 있다 보니 쳐들어갔을 때는 이미 정리 후에 자취를 감춘 뒤였습니다."

그리고 잡힌 녀석들은 그저 지시를 받고 그대로 행동하는 게 고작이라 캐낼 수 있는 정보는 많지 않았다.

"다만, 이들이 필리온이 벌인 사건과 다른 뭔가를 꾸미고 있는 건 확실합니다."

로렌스 황태자가 넘겨준 서류를 훑어보니 그의 말대로였다.

자료들은 철저히 파기했다지만, 녀석들이 주변 사람들의 눈과 귀를 모두 막을 순 없었다.

"오가는 물자들이 늘었군요. 부하들을 끌어모으는 게 분명하네요. 이렇게 대놓고 모으고 있는 거 보면 이들이 언제 활동할지는 뻔하네요."

"제 즉위식 당일이겠죠."

수많은 귀족과 백성들이 한곳에 모여 황태자를 축복할 때.

녀석들이 뭘 한다면 그 때가 가장 큰 피해와 혼란을 일으킬 수 있으리라.

"일단 즉위식을 미루거나 취소해 보려고 계획 중입니다만……."

"그러진 마세요. 그럼 정확한 시기와 장소를 특정하기 힘들어지니까요."

나는 고개를 저었다.

위험 부담이 크긴 하지만, 즉위식을 취소한 탓에 계획

이 미뤄진다면 사건이 터질 때까지 인력의 낭비는 물론.

녀석들을 잡을 기회마저 영영 없게 될지도 모르는 상황이었다.

"그럼 하던 대로 병사들을 시켜 외부에서 유입되는 인원을 조사하겠습니다. 방문객 수가 너무 많아 힘들겠지만, 안 하는 것보단 낫겠죠."

"그것도 안 하는 게 좋을 것 같은데요? 어지간한 기사들 수준으로는 네크로를 발견한다 해도 오히려 당할겁니다."

네크로를 직접 겪어 보지 않고는 녀석들을 구분하기도 힘들 테고.

내 부정적인 답변에도 황태자는 여유로운 듯 가볍게 웃어 보였다.

"아, 용사님은 아직 모르시겠네요. 그 부분은 걱정하지 마시죠."

"네? 어째서죠?"

"지금 수도 경비는 용사님도 믿을 만한 분이 맡고 계십니다. 아마 구면이실 텐데, 이 기회에 직접 보러 가실까요?"

로렌스 황태자가 자리에서 일어났다.

* * *

로렌스 황태자가 소개시켜 준 인물들은 뜻밖의 사람들이었다.

"어? 로렌스 황태자 전하! 여긴 어쩐 일로 오셨습니까?"
"데니스?"
바로 삼인방이었다.

기사단이 되었다는 얘기는 들었지만, 수도의 방위를 책임지고 있었다니.

그들의 뒤에는 내가 빼돌려 줬던 이능력자들까지 보였다.

"아, 네자르, 어디로 떠났다는 얘기는 들었는데 일찍 돌아왔네?"

그들은 어울리지 않게 준마를 탄 채로 광택이 나는 갑옷을 입고 있었다.

특히 데니스는 제 몸에 맞는 갑옷이 없었는지 큰 갑옷을 입고 있었는데, 말에 타고 있는지라 갑옷이 말려 올라가 어깨 뽕을 잔뜩 넣은 것 같은 모양새였다.

"풋……."
"웃지마라…… 나도 안 어울린다는 거 알아. 그래서 내가 안 입는다니까……."
"기사단장이 근무 중에 갑옷을 입지 않아서야 되겠습니까?"
"아니, 내가 계속 안 입겠다는 것도 아니고 내 몸에 맞는 갑옷이 나올 때까지만 안 입겠다니까?"

데니스의 뒤에 서 있던 중년의 미남이 익숙한 목소리로 데니스를 말렸다.

처음 보는 얼굴이지만 데니스랑 같이 다닐 사람이라면 누구인지 뻔했다.

"넌 집사 가면?"

"가면 벗은 모습으로는 처음 뵙는군요. 카엘이라고 불러주십시오."

"잘 생겼는데 왜 가면을 쓰고 있었던 거야?"

"제 취향이라서요. 그런데 기사가 된 이상 가면은 쓸 수 없다기에……."

카엘이 서글프게 웃었다.

이내 나는 이 자리에 보이지 않는 사람이 있다는 걸 깨달았다.

내가 삼인방이라고 뭉쳐서 부를 정도로 한시도 떨어지지 않았던 세 명이었는데, 지금은 한 명이 보이지 않았다

"그 구속녀…… 키리엘은?"

"아, 키리엘 말이야? 키리엘은 요즘 바빠."

"바쁘다고?"

데니스는 음흉하게 웃으며 새끼손가락을 펴고 까딱거렸다.

"우리에게 말은 안 하는 게 뻔하지. 키리엘이 능력이 무서워서 그러지, 얼굴만 놓고 보면 어디 가서 빠지진 않잖아? 얼마 전엔 선물이라도 받았는지 꾸미는 건 관심도 없던 애가 팔찌를 차고 오더라니까."

"데니스 님, 기사단장으로서의 품위를 지켜 주시죠."

"웃, 어차피 다 내 성격 아는 사람들인데 어때! 너 섭섭해서 그러지?"

"그럴 리가요. 제가 데니스 님처럼 애도 아니고. 그러다가 다른 사람 앞에서 실수하는 법입니다."

둘의 모습을 보니 공작을 잃은 충격에서 드디어 벗어난 듯했다.

키리엘도 남자를 만난다는 걸 보니 괜찮은 듯하고.

나는 인연이 있었던 모두에게 한차례 가볍게 인사를 건넨 뒤 본론으로 들어갔다.

"근데 경비를 서면서 네크로라던가 그게 아니라도 특이한 사람은 없었어?"

"글쎄? 나름 자세하게 조사하고 있는데 우리 능력으로도 문제 있는 사람은 딱히 보이지 않았어. 얼마 전부턴 아예 독심술까지 사용하고 있는데도 말이야. 덕분에 독심술 쓰는 애만 죽어 나가고 있지."

데니스의 턱짓을 따라가자, 사람인지 팬더인지 모를 기사 하나가 책상에 엎드려서 방문객의 눈동자를 멍하니 쳐다보고 있었다.

"……통과."

시체인 줄 알았더니 말은 하는구만.

근데 독심술까지 하는데도 아무도 걸리지 않다니.

다들 이미 침입하고 뒷북치는 중인건가?

"탈리스, 조금만 더 버텨. 일주일만 더 버티면 휴가를 줄 테니."

"일, 일주일이요……?"

그 말에 탈리스라 불린 독심술사의 얼굴이 창백해졌다.

난 그의 공허한 눈동자를 외면하곤 대기 줄을 살펴보았다.

역시 수십 년에 한 번 있는 행사답게 줄이 끝도 없이 이어져 있었다.

"많죠? 줄을 며칠째 기다리는 사람들도 있습니다."

"많네……."

카엘의 말에 나는 고개를 주억거렸다.

여기뿐 아니라 수도의 가도는 사람 하나 들어가기 힘들 정도로 빽빽하게 가득 차 있었다.

그들의 얼굴은 앞으로 일어날 일 따윈 예상조차 하지 못한 채 기대에 젖은 얼굴로 환하게 웃고 있었다.

"저희가 저들을 지킬 수 있을까요?"

"해내야죠. 지금까지 그래왔던 것처럼."

우리가 각오를 다잡고 있을 때였다.

"네자르 씨?"

인파를 헤치고 키리엘이 나타났다.

그녀는 데니스의 말대로 팔에 금으로 된 팔찌를 차고 있었는데, 나는 그걸 생각 없이 보고 넘기려다 뭔가 익숙한 기분이 들어 그녀의 팔을 낚아챘다.

"으, 응? 네자르 씨 이게 무슨……."

"오, 네자르, 너 설마 키리엘을 마음에 두고 있……."

"조용히."

나는 음흉하게 웃는 데니스의 말을 가로막곤 딱딱하게 굳은 표정으로 키리엘에게 물었다.

"이거, 누가 준 거야?"

* * *

키리엘에게 남아 있는 첫 번째 기억은 뭉개진 주먹밥을 억지로 입에 욱여넣고 있는 모습이었다.

그리고 그녀의 곁에는 그녀와 똑 닮은, 하지만 그녀보다 조금 큰 꼬마 아이가 키리엘을 따스한 눈으로 쳐다보고 있었다.

키리엘은 그녀를 마주 보다가 먹던 주먹밥을 내밀었다.

"이거……!"

"난 이미 먹고 와서 괜찮아."

"정말?"

"응, 정말."

키리엘이 그 말을 믿고 다시 주먹밥을 입으로 가져가려고 할 때였다.

꼬르륵!

바다에서 들으면 뱃고동이라고 착각할 정도로 커다란 소리.

"아……."

소녀의 얼굴이 빨갛게 달아올랐다.

그 모습을 가만히 보고 있던 키리엘은 자신이 먹던 주먹밥을 반으로 나눠 그녀에게 내밀었다.

"자."

그제야 주먹밥을 받아 드는 소녀.

그녀는 그 주먹밥을 게 눈 감추듯 순식간에 먹어 치웠다.

그 모습을 본 키리엘은 웃으며 그녀의 머리를 쓰다듬었다.

"우리 사미엘 언니, 잘 먹는다~"

항상 언니가 자신에게 해 주었던 것처럼.

둘은 그렇게 둘이자 하나로서 오랫동안 대륙을 떠돌았다.

그때는 힘들었지만, 나중에 떠올려 보면 꽤 재미있던 추억이었다.

하지만 그 추억도 얼마 지나지 않아 끝을 맺게 된다.

"도, 도망가! 키리엘!"

"어, 언니!"

어디선가 그녀들을 찾아온 괴한들.

키리엘은 사미엘이 잡혀가는 걸 보고도 도망칠 수밖에 없었다.

그리고 이어지는 추격전.

"으으…… 괴물……."

거기서 키리엘은 10명을 먹어 치우고 이능력에 눈을 뜨게 되었다.

그 후 언니를 찾아 대륙을 헤매다 공작 눈에 들게 되었고, 데스 리벤에서 새로운 형제들을 얻었던 것이었다.

키리엘의 마음 한켠에는 언제나 사미엘에 대한 그리움과 죄책감이 자리하고 있었다.

그러니.

키리엘, 잘 지내니?
나는 잘 지내고 있어.
내가 이곳에 도착해서 네가 기사가 되었다는 소식을 듣고 얼마나 놀랐는지 몰라.
나 없이는 잠도 못 자던 꼬맹이가 기사라니. 후훗.
그동안 무슨 일이 있었는지 정말 궁금하다.
네가 나를 잊지 않았다면 가능하면 홀로 이곳으로 찾아와 줘.
그럼 기다릴게.

너를 그리는 언니, 사미엘.

이 편지를 보고 바로 박차고 나선 것은 당연한 일이었다.

"보고 싶었어."

다 큰 사미엘은 키리엘이 상상하던 그 모습 그대로였다.

물론 그동안 삶이 힘들었는지 조금 삭막한 얼굴이었지만 그 정도로 사미엘을 만난 반가움이 사라지진 않았다.

 키리엘은 그대로 사미엘에게 달려가 그녀를 껴안았다.

 "언니!"

 사미엘의 손이 키리엘의 등을 쓰다듬었다.

 키리엘은 꿈꾸던 소원이 이루어지자 너무나도 행복했다.

 그녀는 날마다 사미엘을 찾아갔다.

 처음엔 그녀의 동료들에게 비밀로 하는 게 미안했지만, 그렇다고 사미엘과의 약속을 어길 수는 없었다.

 사미엘도 그녀와 만나는 게 즐거운 듯 갈 때마다 항상 그녀를 반갑게 맞이해 주었다.

 그리고 그것이 생활화됐을 때였다.

 "키리엘, 내가 너한테 주고 싶은 게 있어."

 "응? 뭔데. 언니?"

 사미엘은 그녀에게 금팔찌 하나를 내밀었다.

 "우리가 다시 만난 기념으로 한 쌍의 팔찌야."

 그녀의 말대로 그녀의 손목에도 똑같은 모양의 팔찌가 채워져 있었다.

 키리엘은 팔찌를 살펴보다가 팔찌에 새겨져 있는 특이한 문양을 발견했다.

 그건 많이 데포르메 됐지만 달을 삼키는 늑대의 형상이었다.

"이건 무슨 모양이야?"

"알고 싶니?"

그 말을 하며 살포시 미소 짓는 사미엘.

그녀의 미소는 남자라면 전부 넋이 나갈 것처럼 매혹적인 미소였다.

키리엘은 고개를 끄덕였다.

"우리가 잊고 있던 우리의 상징이야."

황태자 즉위식은 제국에서 다섯 손가락 안에 들어가는 행사이다.

그도 그럴 게 특별한 사건이 있지 않은 한은 수십 년에 한 번 있을까 말까 하는 행사이기 때문이다.

그렇기 때문에 가이발트 제국의 수도 에스테리아에는 제국뿐만이 아니라 대륙 전체에서 몰려온 인파로 사방에서 행복한 비명을 지르고 있었다.

물론 다른 비명도 있었다.

"또 강도 범죄입니다! 위치는 춤추는 푸른 용 여관 근처로 범인의 인상착의는……!"

"가르도 남작의 저택에서 정식으로 인가받지 않은 결투가 일어나려고 하고 있습니다! 데니스 기사단장께서 직접 가 보셔야 할 거 같습니다!"

시장 한복판을 그대로 재현해 놓은 기사단장실에서 데니스가 미간을 문지르며 말했다.

"그래서 뭐라고……?"

"인원을 더 차출해야 할 것 같다고. 이왕이면 경험이 많고 전투력도 강했으면 좋겠는데."

"뭐? 누굴 데려간다고? 지금 이 상황을 보고도 그런 말이 나와!?"

데니스는 버럭 소리를 지르며 책상을 두들겼다.

"내가 집에 돌아가 본 지가 언제인 줄 알아? 벌써 일주일이 다 되어 간다고! 일주일! 아무리 축제라지만 사건이 너무 많이 터진다고!"

쾅쾅!

녀석이 책상을 두들길 때마다 치우지도 못하고 쌓여있는 빈 커피잔들이 춤을 추었다.

저 정도 양이면 이미 피 대신 커피가 흐르는 게 아닐까 싶을 정도.

"우와, 고생이 많네."

그래봐야 다 지가 선택한 업보인걸.

기사단장 직을 받아들인 건 데니스 본인이잖아?

"그런 영혼 없는 위로 따위 말고 좀 도와달라고! 도와주면 은혜는 꼭 갚을게!"

"나도 시간이 없어. 이제 곧 가리온의 시상식이 시작한단 말이야."

그 말을 끝으로 나는 사방에서 날아드는 물건들을 피해 기사단장실의 바깥으로 도망쳐 나왔다.

"웬 큰 소리가 들려서 뭔 일인가 하고 찾아왔더니 네자르 님이셨군요."

카엘이 커피를 들고 다가오고 있었다.

"데니스가 소리 지르는 건 일상 아니었어?"

"저래 봬도 마음을 연 사람 아니면 저런 모습은 보여주지 않습니다. 얕보일수록 만만하게 보이는 게 우리들의 인생이었으니까요."

카엘은 커피를 한 손에 들고 다른 손으론 기사단장실에서 날아오는 물건들을 낚아채 품에 안으며 대꾸했다.

"마음을 너무 쉽게 여는 거 아니야?"

"최소한 당신은 우리를 진심으로 대해주지 않습니까."

나는 분위기가 무거워지기 전에 어깨를 으쓱하며 말을 돌렸다.

"그런데 내가 부탁했던 건 잘해 주고 있어?"

"그것 때문에 오신 건가요? 아마 데니스의 피로 지분 중 20퍼센트는 그 일 때문일 겁니다. 걱정 마시죠."

"걱정은 안 해. 그보다 별일 있나 보러 온 거지."

나는 기사단장실에서 책장까지 날아다니는 걸 보고 슬쩍 문을 닫았다.

데니스는 너무 다혈질이라니까.

"키리엘 때문에 오셨군요."

"그것도 궁금하긴 하고."

그 말에 카엘은 내 속이 보인다는 듯 슬쩍 웃었다.

아니, 진짜 그건 덤이라니까 왜 그런 눈으로 보는 건데.

"뭐, 그렇다고 하죠. 키리엘이 겉보기엔 좀 바보 같지만 그래도 멍청한 건 아니니. 당신의 말을 믿지 않는 것 같지는 않습니다."

"그래."

"다만, 자신의 믿음을 부정해야 하니 힘들 테죠."

"……."

"키리엘이 눈치채지 못하게 24시간 감시하고 있으니 녀석이 이상한 행동을 한다 싶으면 바로 사람을 보내도록 하겠습니다."

나는 카엘에게 그 밖에 특이 사항이 있는지 확인하고 건물을 나섰다.

데니스의 노력이 결실을 맺은 건지 거리는 사람들의 활기로 가득 차 있었다.

그들은 다들 삼삼오오 모여서 즐겁게 떠들며 한 곳으로 향하고 있었다.

"드디어 검술 대회의 시상식이 이뤄진다고 하는군!"

"그래서 다들 광장으로 향하는 거군. 검술 대회는 한참 전에 이뤄졌는데 왜 이제야 시상식을 하는 거지?"

"어이구, 이 사람아. 당연히 이번 검술 대회는 황태자 폐하의 즉위식을 기념에서 열린 거지 않나. 당연히 시상식은 즉위식의 일정에 맞춰야지!"

광장으로 향하는 사람들의 관심사는 대부분 검술 대회의 시상식이었다.

그만큼 이번 대회의 내용이 충격적이었기 때문이다.

"그런데 내가 소문을 들었는데 시상식이 지금까지 미뤄진 이유는 즉위식 때문이 아니라고 하더라고."

"뭐? 자네는 어디서 또 이상한 소리를 듣고 온 건가?"

말을 꺼냈던 사내가 조심스레 언성을 낮춰 조그맣게 속삭였다.

나는 흥미가 생겨 곧바로 마법을 시전해 그 사람들의 대화를 엿들었다.

"이번 건은 궁에서 일하는 사람에게서 들은 확실한 정보라니까. 결승전 기억나지? 거기서 익스퍼트였던 그 누구냐……."

"가리온? 그런 이름이었던 거 같은데. 용사의 동료 맞나?"

"맞아! 가리온. 그 사람이 창기사 마르티네즈를 이기지 않았나. 그게 전부 가리온의 음모 때문이라더군. 독을 썼다던데……."

"헉! 정말인가!"

"조, 조용히 해! 비밀이라고 비밀! 쉿!"

얘기를 하던 사내는 놀란 사내를 구박하곤 입술에 손가락을 올렸다.

하지만 두 사람은 그 주변에 있는 사람들이 전부 둘의 말에 귀를 기울이고 있다고는 꿈에도 생각 못 할 것이다.

"익스퍼트가 마스터를 이겼다는 게 사실 말이 안 되지

않나. 전부 수작이 있었던 게지."

"으음, 그래서 미뤄졌던 거군……."

그 둘의 대화가 그렇게 마무리 될 때였다.

갑자기 얍삽하게 생긴 사내가 둘의 사이에 끼어들었다.

"잠깐, 옆에서 듣고 있었는데 완전 헛소문을 듣고 오셨구만!"

"뭐야, 당신! 우리 얘기를 엿들은 거요?"

얘기를 듣는 입장이었던 사내가 언성을 높였지만 다른 사내가 그 사람을 제치고 앞으로 나왔다.

"잠깐 기다려 봐. 거기, 내 말이 어디가 헛소문이란 말이오? 나는 이 얘기를 궁에서 일하는 사람에게 직접 들었소만."

"그 궁에서 일한다는 사람도 어디선가 잘못 들었겠지. 그 사람이 직접 본 일은 아니잖소."

"그렇지만 길거리에서 돌아다니는 소문보단 훨씬 정확할텐데 당신은 무슨 자신으로 그런 말을 하는 거요?"

사내가 불쾌하다는 듯 팔짱을 끼며 말했다.

처음보는 사람이 자신의 말을 엿듣는 걸로 모자라 부정까지 하니 기분이 나쁠 수밖에 없었다.

하지만 얍삽해 보이는 사내는 입가의 웃음을 지우지 않았다.

"당신의 말대로면 가리온 경이 실격되어야 하지 않겠소? 그런데 발표에 의하면 우승자는 여전히 가리온 경이었소. 이건 어떻게 된 거요?"

"그, 그걸 내가 어찌 알겠소. 다만 그 가리온이란 사람이 내가 듣기론 용사의 동료라고 하더구먼. 용사와 사이가 틀어질까 두려워 사실을 밝히지 않은 것 아니겠소?"

"쯧쯧, 그게 아니오."

얍샵해 보이는 사내는 턱을 치켜올리며 손가락을 가로저었다.

"그러면 설마 당신은 가리온이 창기사 님을 실력으로 이겼다는 소리요? 익스퍼트를 마스터가?"

얍샵한 사내가 고개를 끄덕이자 다른 사내가 비웃음을 머금었다.

"하! 익스퍼트가 마스터를 이기다니 그런 말도 안 되는 일을 믿으라고?"

"나는 익스퍼트가 마스터를 이겼다고 하지 않았소. 가리온 경이 마르티네즈 경을 실력으로 이겼다고 했지."

"그게 그 소리 아니오! 아니면…… 설마 가리온이란 자가 마스터라고?"

얍샵한 사내는 고개를 주억거렸다.

"자네는 혹시 테오 경을 아시오?"

"테오 경?"

고개를 갸웃거리는 사내.

그런데 둘의 말싸움을 구경하던 사람들 중 하나가 손을 들었다.

"혹시 테오 알테시오 님을 말하는 건가요? 알테시오 변경백의."

"맞소."

"그분은 제가 알기론 오래전부터 두문불출하고 계신다고 들었는데……."

그때 다른 사람이 박수를 치며 나섰다.

"아, 그러고 보니 내가 경비병을 하고 있는데 얼마 전에 테오 알테시오라는 알테시오 변경백의 대리자가 여기 도착했다고 들었는데 그 사람이 설마……."

"그렇소. 그가 내가 말하는 테오 알테시오요."

"그런데 그 사람이 어쨌다는 말이오?"

갑자기 얘기가 다른 길로 새는 게 불만스러웠는지 말싸움을 하던 사내가 퉁명스럽게 말했다.

"그 분은 주화입마에 걸려 있었소."

"주, 주화입마!?"

주화입마가 뭔지 모르는 사람들이 대부분이었으나 그에 대해 알고 있는 사람들이 그 사람들에게 설명을 해주었다.

그렇게 잠깐의 소란이 지나간 뒤 주변이 다시 조용해지자 얍삽한 사내가 입을 열었다.

"주화입마에 걸렸던 테오 경이 돌아올 수 있었던 이유는 바로 깨달음을 얻었기 때문이오."

"그렇다는 건 설마 그자가 새로운 마스터가 되었다는

말이오?"

"그렇소. 그리고 테오 경이 말씀하시길 자신이 마스터가 되도록 도움을 준 은인이 있다고 하오."

얍삽한 사내는 잠시 침묵하며 주변의 반응을 끌어올리더니 이어 말했다.

"그게 바로 가리온 경이라오."

"그, 그건 어디서 들은 말이오!? 당신도 직접 들은 게 아니잖소!"

아까 본인이 당했던 반론을 돌려주는 사내.

그러자 얍삽한 사내는 오히려 득의양양한 미소를 지었다.

"직접 들었소."

"뭐? 어떻게……."

"내가 온 곳이 바로 알테시오 변경백령이오. 그곳에서 테오 경이 직접 나서서 영지민들에게 그동안 자리를 비웠던 일에 관해 설명하고 사과하였소."

"영지민에게 고개를 숙이는 귀족이 있다니……."

"그게 중요한 게 아니오!"

얍삽한 사내가 외치자, 주변의 시선이 전부 그에게 향했다.

이미 둘의 말싸움은 수많은 사람들이 집중하고 있었다.

"그분이 말하셨소. 자신이 마스터로 갈 수 있게 단초를 만들어 준 사람이 바로 가리온 경이라고. 가리온 경이 검술로 자신을 인도하지 않았다면 자신은 마스터는커녕 주 화입마에서도 벗어날 수 없을 거라고!"

얍삽한 사내가 양손을 들어 올리며 외치자, 사람들도 흥분한 듯 탄성을 내질렀다.

그리고 유독 크게 탄성을 내지르는 한 사내가 있었다.

"그럼 설마 에덴모어에서 있었던 일도 사실인가!"

"에덴모어? 그 곳에서 무슨 일이 있었기에……."

"내가 여기로 출발할 때 쯔음 용병들 사이에서 돌던 소문이 있었소."

그 말에 사내의 모습을 살펴보니 딱 전형적인 용병의 모습이었다.

그는 흥분한 듯 얼굴을 붉히며 떠들었다.

"검상인 필리온이 소년처럼 보이는 자한테 검술로 패배했다는 소문이 돌았다오!"

"그래서 필리온이 요즘 보이지 않는 거군."

"어린 사람한테 졌으니 쪽팔릴 수밖에……."

놀란 관중들이 수군거렸다.

하지만 용병은 그 소음들을 무시할 정도로 커다란 목소리로 소리쳤다.

"그리고 그 소년의 인상착의와 무기의 생김새! 지금 생각해 보니 가리온 경과 동일하오! 저 사람의 말이 사실이라면 검상인 필리온을 이긴 자도 가리온 경이 확실할 것이오!"

용병의 말은 넘겨짚은 게 대부분이었지만 확신에 가득 차 있었다.

 대부분의 관중이 깊이 생각하지 않고 고개를 끄덕일 정도로.

 그 말을 받은 얍삽한 사내가 상대방을 가리키며 소리쳤다.

 "이래도 가리온 경이 마스터가 아니라 부정할 거요?"

 "음……."

 "그리고 가리온 경이 마스터라고 한다면 같은 마스터인 마르티네즈 경을 이기는 것도 당연! 여기 어떤 음모가 있겠소! 이런 못난 자들의 어쭙잖은 질투라면 모를까!"

 사내는 그 말에 얼굴을 붉히며 도망쳤다.

 나는 이 한편의 활극을 보며 고개를 끄덕였다.

 혹시 몰라 마르티네즈가 소문을 퍼트려 놓았을 거 같아서 혹시나 몰라 손을 써 놨던 것이다.

 "역시 짙은 달이 일은 잘해."

 저 얍삽한 사내는 내가 에스테리아 지부에 들렀을 때 봤었던 얼굴이다.

 심지어 나중에 나선 용병처럼 생긴 사내와 중간중간 추임새를 넣었던 사내까지도 말이다.

 그건 그래도 가리온이 마스터라고 소문을 퍼트리다니.

 이거 나중에 가리온이 머리 좀 아프겠는데?

4장

4장

 이렇게 가리온에 대한 오해도 퍼지기 전에 해결되었고 시상식은 별 탈 없이 시작되었다.
 물론 얼마 전까지 앙숙이나 다름없었던 성국의 기사가 제국의 마스터를 꺾고 우승했다는 사실에 불만을 가진 자들도 있었지만.
 "검술 대회의 우승자인 가리온 골드브러프 경을 남작으로 봉하고, 가레스 영지를 하사하겠다. 더불어 영지의 세금을 2년간 제하도록 할 것을 나 로렌스의 이름으로 약속한다."
 가리온을 제국의 귀족으로 봉하면서 대부분의 불만도 사그라들었다.
 가리온은 성국 출신이라는 꼬리표만 제거하면 모든 나

라가 데려가고 싶어 하는 불세출의 천재였다.

그런 천재를 제국으로 끌어들인 셈이니 불만이 생길 리가.

물론, 가리온을 귀족으로 봉한 일에는 또 다른 목적도 있었다.

"자신의 치세엔 성국과 친하게 지내겠다는 거지."

[성국 출신을 등용했으니까?]

호기심을 참지 못한 알바가 내 어깨로 뛰어 올라와 물어보았다.

"그것도 있겠지만, 만약 제국이 성국을 적대한다고 해 봐. 가리온에게 봉토까지 내려 준다는 건 곧 내부에 적을 만드는 것밖에 안 되잖아."

대신 적대하지 않는다면 가리온이란 천재 검사를 공유할 수 있을 뿐만 아니라, 가리온이 두 나라를 이어 주는 가교가 될 수 있다.

[그 정도면 됐다. 인간들은 쓸데없이 복잡하군.]

그 밖에도 여러 의미가 있지만, 더 자세히 설명해 주려 하자 알바가 질색하며 어깨에서 내려가려 했다.

알바를 붙잡고 좀 더 설명해 주려는 찰나 루스가 말을 걸어왔다.

쳇. 아직 설명 못한 게 많은데.

[그건 그렇고 지금 이렇게 느긋하게 있어도 되는 거냐?]

"왜?"

[네크로가 뭔가 음모를 꾸미고 있다고 하지 않았나.]

"지금 움직여 봐야 확실하게 못하면 다시 숨어 버릴 거야."

나는 그렇게 말하곤 시상식이 끝날 때까지 자리를 지키다 북적거리던 광장이 한산해질 때쯤 천천히 자리에서 일어났다.

[어디 가려는 거냐?]

"너희들이 재촉하니 슬슬 일하러 가려고."

* * *

"오, 칼을 삼키는 묘기래! 보러 가 보자!"

"데스 리벤 출신의 음유시인? 그건 못 참지!"

나는 수도를 쏘다니며 사람이 몰리는 곳을 찾아 나섰다.

신기한 장기를 선보이는 차력사부터 나조차도 처음 보는 신기한 물건들을 파는 잡화상까지.

워낙 특이한 사람들이 넘치다 보니 동물 세 마리를 부리고 있는 나 정도는 평범한 축에 속했다.

[그 일이라는 게 이거냐?]

루스가 황당하다는 듯 나를 바라보았다.

"아니, 궁금하잖아. 호기심은 마법사를 죽인다고."

[하지만 이게 일은 아니지······.]

"오! 저기 봐! 신기한 거 파는데?"

나는 루스의 말을 끊으며 인파를 헤치고 나갔다.

그러자 그 안쪽엔 어느 노인이 매대를 펼쳐 놓고 물건을 팔고 있었다.

"그건 순산의 부적이라오. 남부의 야만인에게서 구한 건데 그 야만인이 자식이 너무 많아 키우지 못할 지경에 이르게 되어 내게 넘겨주었지."

노인은 험상궂은 인상과 다르게 손님들을 친절히 맞이하며 물건의 역사에 관해 하나하나 설명해 주고 있었다.

어느새 나를 발견한 노인이 곧바로 말을 걸어왔다.

"오, 마법사 나으리신가보오? 그런데 마법사 나으리가 이런 잡상인에게 무슨 일이오?"

"잡상인이라기엔 팔고 있는 물건들이 심상치 않은데요?"

물건을 보증하는 듯한 나의 말에 사람들이 너도나도 앞다퉈 물건들을 향해 손을 뻗었다.

노인은 내 말에 군데군데 빠진 이를 드러내며 호탕하게 웃었다.

"잘 봐 주니 고맙다오. 내가 젊었을 적에 대륙을 탐방하며 하나하나 직접 구한 기물들이라오. 어때, 나으리도 한번 보시겠소?"

"물건은 좋아 보이지만, 가격도 그만큼 좋다면요."

"이 늙다리가 살아 봐야 얼마나 살겠소? 특히 호객까지

해 준 자네에겐 더욱 싸게 해 줄 테니 걱정 마시오!"

노인이 물건들은 그의 자랑처럼 대부분 마력이 깃든 아티팩트였다.

"보는 눈이 있구려! 세척 마법이 걸려 있는 걸레요! 쓰고 나서 굳이 빨 필요가 없지!"

"그냥 청소 마법이 걸려 있는 아티팩트를 쓰는 게 더 낫지 않을까요? 그러면 천으로 된 아티팩트보다 내구도도 더 좋을 테고요."

"그건 그렇소만……."

물론 대부분 나사가 빠진 듯한 아티팩트였다.

하지만 가끔 쓸모 있는 것도 있었다.

"그건 내구도 강화 마법과 자동 수복 마법이 걸려 있는 나침반이오! 항상 어디에서든 북쪽을 가리키지!"

"얼마죠?"

"1골드만 내시오."

이런 아티팩트가 1골드밖에 하지 않다니.

진짜 마진 없이 파는 게 분명했다.

그렇다면.

"여기서부터 여기 끝까지는요?"

"여기서부터 끝까지라니 그게 무슨 말인가?"

"다 산다구요."

그러자 노인이 눈에 띄게 당황했다.

"이, 이걸 다 말이오? 좀 비쌀 텐데……."

"걱정 마세요. 얼만데요?"

"100…… 아니 150골드요."

그 말에 나는 아공간에서 바로 수표집을 꺼내 서명하고 노인에게 건네주었다.

"이럼 됐죠?"

"그…… 그렇긴 하오만, 가리킨 것들 중에는 똑같은 효과도 많소. 싼 가격도 아니니 좀 더 심사숙고하고 구매하는 게 어떻소? 내가 도와드리지."

노인이 직접 구했다고 하니 아티팩트의 대부분의 효과와 성능은 전부 알고 있을 것이다.

도와준다면 내게 도움이 되는 물건을 찾기 쉽겠지.

하지만 나는 고개를 저었다.

오히려 한 술을 더 떴다.

"에이, 기분이다. 팔고 있는 거 전부 저한테 주세요."

"정말…… 이오?"

믿기지 않는다는 듯 입을 우물거리는 노인.

"혹시 제가 돈이 부족해 보이세요?"

"아니, 아니…… 그건 아니오!"

하긴 보기만 해도 비싸 보이는 성장과 보통 사람은 관리조차 하기 힘든 흰 비단옷.

이걸 본다면 내 정체를 몰라도 절대 쉽게 대할 수는 없을 것이다.

"다 해서 얼만가요?"

"5,000골드. 일체의 할인이나 서비스도 없소! 살 생각이 없으면 장사 방해하지 말고 사라지시오."

내게 친절했던 노인은 어디 가고 단호하게 소리치는 노인.

아무리 아티팩트들이 많다고 해도 성능이나 효과를 보면 너무 과한 금액이었다.

마치 내가 사지 않기를 바라는 듯.

하지만 나는 수표에 일필휘지로 금액을 써넣곤 노인에게 넘겨줬다.

"힘들게 가져다주실 필요는 없어요. 저희가 직접 가져갈게요."

그리고 매대의 아티팩트들을 주머니에 쓸어 담는 척하며 마법을 시전하여 아공간에 쑤셔 넣었다.

"그럼 즐거운 축제 되세요!"

그리고 황망해하는 노인을 두고 자리를 떴다.

얼마 지나지 않아 루스가 부리로 나를 쿡쿡 찔렀다.

"아야, 아파 뭐, 왜?"

[왜 그런 싸구려 아티팩트들을 그 가격에 산 거지?]

노인이 팔던 아티팩트들은 노상에선 보기 힘든 수준이었으나 고작 그 정도였다.

그렇다고 앞서 말했던 것처럼 효과가 뛰어나지도 않았다.

머리가 빠르게 자라는 대신 노화가 빨라져 머리숱이 줄어든다든가 하는 있느니만 못하는 아티팩트들도 있을 정도.

"뭐 어때, 축제라서 과소비 한번 한 셈 치면 되잖아. 어차피 내가 평소에 다른데 돈 쓰는 편도 아니고."

[그래서 더욱 궁금한 거다. 돈을 낭비하는 취미도 없는 네가 이런 데 돈을 쓸 이유가 없지 않나.]

"흐음, 루스, 네가 느끼기엔 그 노인 이상한 점 없었어?"

루스는 눈을 찡그리며 기억을 떠올렸다.

[이상하긴 하더군. 네가 물건을 대량으로 산다고 하니 오히려 싫어하는 기색이었어.]

[마법사에게 이상한 아티팩트를 팔면 나중에 해코지 당할까 봐 그런 거 아니겠어?]

둘의 대화에 끼어드는 알바.

루스는 고개를 저었다.

[그러면 처음에 싸게 팔아 준다고 할 리가 없지. 녀석이 네자르에게 부정적으로 반응한 건 대량으로 구매하겠다고 한 이후였다. 일부러 비싸게 불러서 사지 못하게 하려 할 정도로.]

[이상하군. 혹시 인간들한테는 한 사람에게 물건을 많이 팔면 안 된다는 법 같은 게 있는 건 아닌가?]

"오, 색다른 발상이지만 틀렸어."

내 대답에 알바는 콧방귀를 꼈다.

[그러면 그 사람이 그냥 미친 인간인가 보지. 뭘 그리 깊이 생각하고 있나.]

"그 말은 맞을 수도 있겠네. 한번 보자고."

그리고 몇 군데를 지나고 나자, 알바의 표정은 오묘하게 바뀌어져 있었다.

[요즘 미치는 전염병 같은 거라도 돌고 있는 건가?]

내가 들렸던 모든 노점상들은 하나같이 아까 노인과 같은 반응을 보이고 있었다.

소량의 물건을 산다고 했을 때는 다들 큰 손이라도 온 것처럼 방긋방긋 웃다가도 대량으로 쓸어 담으려고 하니 정색하거나 화를 냈다.

심지어 어떤 노점상은 싸우려고까지 했지만 마침 데니스의 이능력자들이 나타나 녀석을 제압해 끌고 갔다.

[그런데 어떻게 네가 들리는 노점상들만 그런 반응을 보이는 거지? 다들 그런 건 아닌 것 같던데.]

루스가 옆에 있는 노점상을 곁눈질 하며 물었다.

녀석의 말대로 대부분의 노점상은 내가 큰 손이라는 소문이 퍼졌는지 열심히 나를 잡아보려 호객행위를 했기 때문이다.

나는 여유롭게 사과를 하나 사곤 한 입 크게 베어 물며 답했다.

"티가 나잖아."

[무슨?]

"모든 물건이 전부 아티팩트까지는 아니더라도 마력이 미량이라도 깃들어 있어."

[그게 어째서? 그게 불가능한 건 아니잖아.]

흔한 일은 아니지만 어떤 물건에 마력이 깃드는 게 이상한 일은 아니었다.

의도적으로 마력을 집어넣는 경우를 제외하더라도 마력의 밀도가 다른 곳에 비해 높은 곳에 오랫동안 존재하거나, 혹은 자연 현상 같은 강한 마력이나 인간의 강한 심상에 노출된다든가 하는 이유만으로도 마력이 깃들 수 있다.

하지만 이렇게 자연적으로 깃든 마력은 크게 목적성을 띠고 있지 않다.

"그런데 내가 들린 노점상들의 물건들은 전부 같은 기능을 갖고 있었어. 지극하게 비밀스럽게 만들어진 수법이지만 내 눈을 속일 순 없지."

[어떤 기능인데?]

"음…… 뭐라 설명해야 할까? 지니고 있는 사람에게 마킹을 하는 기능이라고 해야 하나?"

[별건 아니군.]

"더 기능을 넣었다간 마력이 더 필요하고 그러면 더 쉽게 들킬 테니까."

그래서 이들이 주로 팔던 게 아티팩트였다.

마법진에서 미량으로 흘러나오는 마력 정도는 아티팩트 자체에서 흘러나오는 마력으로 숨길 수 있을 테니.

[이게 네크로가 벌이려는 음모인 건가? 이걸로 뭘 하려

는 거지?]

"이들이 할 거는 뻔하잖아. 바로 마족 소환이겠지."

마킹된 사람들을 제물로 바쳐서 마족을 소환하려는 속셈일 터였다.

[하지만 이 정도의 제물로는 강한 마족을 소환하긴 힘들 텐데.]

"그러니 내가 처음 산다고 했을 때 그렇게 기뻐한 거겠지. 마법사는 가장 성능 좋은 제물이니까."

[잠깐, 그렇다면 네가 그 아티팩트들을 지니고 있으면 위험한 거 아니야?]

"그렇겠지?"

저항이야 할 수 있겠지만 이 정도의 양이라면 나라도 위험할 정도.

"그래서 다른 사람한테 넘기려고."

[누구한테 넘길 생각인데?]

"곧 알게 될 거야."

그리고 그날 밤 신수들은 기겁하고 말았다.

"오랜만이야. 아리스. 이건 오랜만에 만난 기념으로 사 온 선물이야."

"……이걸 다요?"

성국의 사절로 왔다가 내게 선물 폭탄을 받은 아리스는 산더미처럼 쌓인 아티팩트들을 보고 얼이 빠졌다.

"그래서. 저보고. 마족 소환의 제물이, 되라고요?"

내 설명을 듣고 나서 묘하게 툭툭 끊어지는 말투로 되묻는 아리스.

나는 크게 고개를 끄덕였다.

"응! 역시 아리스는 이해가 빠르네."

"미쳤어요!?"

그녀는 씩씩거리며 산더미처럼 쌓여 있는 아티팩트 더미에 손을 뻗었다.

그러곤 아티팩트를 하나씩 집어 내게 던지기 시작했다.

"오랜만에 만난 동료에게! 반가워해도 모자랄망정! 이딴 걸 선물이라고 준다고요!?"

"아니, 왜!"

변명을 해 보려 했지만, 어느새 소나기처럼 쏟아져 오는 아티팩트들은 나에게 변명할 틈을 주지 않았다.

* * *

이러저러한 사건들이 있었지만, 내가 구상했던 전략들은 큰 문제 없이 진행되고 있었다.

"네자르 님, 눈이 왜 그래요? 누구한테 맞았어요? 아리스 님이 사절로 오셨던데 가서 치료해 달라고 부탁해 보세요."

다시 만난 가리온은 부어오른 내 눈을 보고 당황하며 말했다.

나는 달걀을 눈에 문지르며 대답했다.

"저녁까지 이러고 있으래. 즉위식 전까진 회복시켜 준다는데."

"네? 아리스 님이요? 바쁘신가 보네. 그런데 누가 그랬어요?"

"아리스가 신성마법까지 써서 공격하더라."

"에? 아리스 님이요? 왜요?"

난 가리온에게 내가 억울하게 당했음을 강조하며 사건을 객관적으로 설명했지만, 설명이 계속될수록 가리온이 나를 쳐다보는 시선의 온도가 서서히 내려갔다.

"맞을 만했네요."

세상에 믿을 놈 하나 없네.

"그나저나 네크로 쪽은 어때요? 별다른 징후는 없나요? 이제 곧 즉위식인데."

"그러니 가장 조용할 때지. 혹시나 무슨 일이 생겨서 계획이 틀어지면 안 되니까."

그리고 녀석들의 바람대로 아무런 사고 없이 즉위식의 날이 밝았다.

즉위식이 열리자, 그 넓은 광장이 바늘 하나 들어갈 틈 없이 빽빽하게 가득 찼다.

황태자 즉위식은 그동안 양지와 음지에서 벌어지던 기나긴 황위 쟁탈전의 끝을 고하는 것이나 다름없었다.

그렇기에 최근 큰불이 나고 반란까지 겪었던 수도의 백

성들은 이번 즉위식을 그 누구보다 반길 수밖에 없었다.

"와아아아! 로렌스 황태자님!"

이들은 즉위식의 주인공인 로렌스 황태자가 나타나자, 목청이 떠나가라 소리를 내질렀다.

"꺄악! 황태자님이 나를 바라보셨어!"

로렌스 황태자가 광장을 가로지르며 손을 흔들자 기절하는 소녀도 있을 정도였다.

그가 광장의 단상에 올라 한쪽 무릎을 꿇자 먼저 도착해 있던 기사들이 갈라지며 황제가 천천히 걸어 나왔다.

황제는 이전에 봤을 때보다도 더욱 노쇠해진 모습이었지만 지금만큼은 당당하게 직접 두 발로 걷고 있었다.

황제의 등장에 숙연해진 광장.

그의 목소리는 아주 작았지만, 광장의 모든 백성을 집중하도록 하기엔 충분했다.

"……황자 로렌스, 그대는 제국의 주인이 될 사람으로서 백성들의 모범이 될 것을 맹세하는가."

"맹세합니다."

로렌스 황태자는 수많은 귀족과 백성이 지켜보는 앞에서 맹세했다.

그렇게 즉위식이 무르익고 마지막에 다다랐다.

"그러면 이제부터 3황자 로렌스 가이발트가 황태자로 책봉되었음을 선포……!"

그때였다.

"누구 맘대로!"

갑자기 하늘이 온통 먹구름으로 뒤덮였다.

마치 하늘이 분노하는 듯.

그리고 천둥 벼락과 함께 어떤 여성이 나타났다.

"너는 누구냐! 감히 여기가 어디라고 그런 흉험한 마력을 일으키는 거냐!"

호위 기사들이 뛰쳐나와 황제와 로렌스 황태자를 둘러쌌다.

그녀는 혼란에 휩싸인 백성들을 내려다보며 일갈했다.

"여기 정당한 후계자가 있거늘 어찌 비열하게 형제의 자리를 찬탈하려 한 불의한 자를 황태자로 내세우려고 하는 거냐!"

그녀가 손을 뻗자, 그녀의 그림자에서 한 인영이 나타났다.

놀랍게도 그 인영은 바로 에비안 황자였다.

"아닛!"

"어, 어찌⋯⋯! 에비안 황자님께서는 분명히⋯⋯."

나도 이건 예상하지 못한 부분이었기에 당황하고 말았다.

그렇게 좌중이 혼란에 휩싸인 사이 에비안 황자가 손가락으로 로렌스 황태자를 가리켰다.

"인륜을 저버린 형제여, 네 음모는 여기서 끝이다! 나와 뜻을 같이하는 전우들이여, 당장 저 반역자를 잡아들여라!"

그제야 난 눈치챌 수 있었다.

녀석의 어색한 말투와 어색한 움직임.

분명 에비안 황자의 시체로 절묘하게 만들어진 언데드임이 틀림없었다.

저렇게 공중에 떠 있는 이유도 가까이서 보면 들킬 수 있기 때문이리라.

"정명하신 황태자님의 명을 받듭니다!"

곧 녀석의 명령에 마치 약속이나 한 듯이 몇몇 귀족들이 벌떡 일어섰다.

그들은 미리 준비를 한 듯, 품에 숨겨 놓았던 무기들을 꺼내 들었다.

최근 로렌스 황태자가 네크로의 잔당들을 쥐 잡듯 잡았다지만, 수백 년간 암약하던 그들을 전부 일소하는 건 무리였을 것이다.

하지만 그들은 금방 뭔가 잘못됐다는 걸 느꼈다.

"……왜 이리 호응하는 자들이 적지?"

"분명 내가 알고 있는 자들만 지금의 두 배 이상은 되건만!"

아무리 무기를 들고 있다고 하더라도 귀족 전부를 제압하기엔 터무니없이 적은 숫자였다.

더군다나 귀족들의 대부분은 익스퍼트나 마법사였기 때문에 무기 없이도 어느 정도 저항할 수 있었다.

그들은 조급해졌는지 일어나지 않은 동료들을 찾아 주

변을 두리번거리기 시작했다.

"리베안 자작! 뭐 하는 거요! 얼른 일어나지 않고!"

"그대도 우리와 운명을 같이 하기로 연판장을 쓰지 않았소!"

그들의 성화에 가만히 자리에 앉아 있던 귀족이 미적미적 몸을 일으켰다.

"아, 미안하오. 어떤 귀족들이 우리와 뜻을 같이하는지 확인하다 보니 늦었소."

그렇게 앉아 있던 귀족들이 하나둘 몸을 일으키자.

처음 일어섰던 인원보다 적어도 세 배 이상 늘어난 인원이 되었다.

저항하려던 귀족들의 얼굴은 점점 절망으로 물들어 갔다.

이 정도면 절대 이길 수 없는 숫자였다.

하지만.

화르르륵!

"크아아악!"

"이, 이 무슨? 리베안 자작?"

갑자기 리베안 자작의 손에서 불길이 뿜어져 나오더니 그를 재촉하던 귀족의 몸을 불태웠다.

그들이 놀라긴 너무 일렀다.

뒤늦게 일어난 귀족들이 갑자기 에비안 황자의 명을 따르는 귀족들을 향해 이능력을 뿜어내기 시작했다.

"아, 아니……! 이게 어떻게 된 거야!?"

당황해하는 귀족들.

그 사이에서 리베안 자작의 모습이 일렁거리며 다른 모습으로 바뀌어져 갔다.

그리고 마침내 본래 모습으로 돌아온 펠리시아가 양손에서 불을 뿜어내며 소리쳤다.

"모두 데니스 기사단장님의 명대로 반역자들을 처단해라!"

귀족들이 당황하여 무기를 휘둘렀지만, 애초에 전력 차이가 너무 컸다.

뒤늦게 일어난 귀족들 전부가 이능 기사단의 기사들이 변장한 것이었기 때문이었다.

"아니, 이게 어떻게 된 거냐……!"

"어디서부터 우리의 계획이 샌 거지? 우리 정체는 아무도 모를 텐데……!"

압도적인 전력 차이에 별다른 저항도 못하고 쓰러진 귀족들의 눈에는 의문이 가득했다.

계획이 샐 수도 있다지만 대체 어디서 자신들의 정보가 넘어갔는지 궁금한 듯했다.

"억울하긴 할 거야."

나도 전생 경험이 없었다면 절대 알지 못했겠지.

내가 몰래 바꿔치기한 귀족들은 전부 전생에서 네크로로 전향했던 귀족들이었다.

증거가 없어 감시만 하고 있었는데, 마침 이번 일로 추려낼 수 있게 되었다.

"이번에도 비열한 수작을 부리는구나!"

공중에 떠 있는 여성이 눈살을 찌푸렸다.

하지만 이들이 준비한 수는 그게 끝이 아니었다.

그녀는 로렌스 황태자에게 손을 뻗더니 움켜쥐었다.

파앗!

그 순간 로렌스 황태자의 그림자가 거대해지며 위로 솟구쳐 오르더니 그대로 그를 집어삼키려 했다.

그러나 그때.

로렌스 황태자는 품에서 한 지팡이를 꺼내 망설임 없이 그림자에게 가져다 댔다.

파지지직!

엄청난 스파크가 일며 그림자가 소리 없는 비명을 지르며 바르르 떨었다.

"꺄악!"

여성도 그림자와 연결되어 있었는지 비명을 지르며 몸을 비틀었다.

그러자 로렌스 황태자, 아니.

그의 모습으로 변해 있던 내가 모습을 드러냈다.

"너, 넌…… 용사! 전부 네 수작이었구나!"

여성의 얼굴에서 여유가 사라졌다.

"반가워, 여기서 만나게 될 줄은 몰랐지?"

"으, 으윽…… 이게 끝인 줄 아느냐!"

그녀는 이를 악물며 품에서 주먹만 한 구슬을 꺼내 깨트렸다.

쨍그랑!

구슬에서 짙은 마기가 흘러나왔다.

그러자 동시에 수도의 이곳저곳에서 검은색 기둥이 솟구쳐 올랐다.

"오, 마법진을 그림자 속에 숨겨 놨었군. 그러니 못 찾는 것도 당연하지."

"흥! 이 마법진이 발동되고도 네가 그렇게 여유로울 수 있을까?!"

"무슨 마법진인데?"

그녀는 비웃음을 머금은 채로 대답했다.

"마족공을 소환할 것이다. 네가 아무리 강하더라도 마족공을 무찌를 수 있을까?"

"없겠지."

내 황당하리만큼 시원한 대답에 당황하는 여성.

나는 어깨를 으쓱였다.

"무찌르는 거야 해 봐야 알겠지만, 황태자 즉위식이라고 핵심 귀족들까지 잔뜩 모여 있으니. 마족이 날뛰기 시작하면 제국이 망할 수도 있지 않을까?"

"훗, 설마 포기라도 한 거냐? 후회해 봐야 늦었단다."

그녀가 손을 휘두르자, 광장의 곳곳에서 마력이 흘러나

왔다.

"으윽, 갑자기 몸이……."

노점에서 아티팩트들을 구입한 사람들에게서 흘러나오는 마력이었다.

그뿐만이 아니라 그녀가 뭔가 다른 수작을 벌여 놓았는지 수많은 곳에서 엄청난 마력이 모여들기 시작했다.

"내가 모르는 수단도 있었나 보군?"

"네가 우리가 준비한 아티팩트들을 모조리 쓸어갔다는 사실은 알고 있다. 그걸로 끝이라고 생각한 건 아니겠지? 그것 말고도 내가 직접 마킹해 놓은 자들도 많단다."

흠, 내가 직접 나서도 별다른 방비를 하지 않더니 방심시키려는 수작이었던가.

우리가 대화하는 사이에도 하늘에서는 순식간에 엄청난 양의 마력이 모여들었다.

그녀가 원하는 대로 마족공을 소환하기 충분할 정도.

하지만, 이건 예상하지 못했겠지.

화아아악!

갑자기 황궁에서 눈부신 빛이 솟구치더니 하늘에 모인 마력을 향해 흘러 들어갔다.

그녀는 잠시 놀란 듯 하더니 금방 다시 여유를 되찾고 말했다.

"이건, 신성력? 하지만 이 마력은 마기가 아니라 순수한 마력이란다. 신성력으로 정화할 수 있는 게 아니지."

"정화하려는 게 아니야."

신성력은 모인 마력에 빨려 들어갔다.

그러자 그녀의 얼굴이 당황으로 물들어 갔다.

"무, 무슨 짓을……!"

"저 마력은 마족공을 소환하기 위해 바치는 제물이지. 그런데 마족공을 소환하는 제물에 신성력이 섞여 들어가면 어떻게 될까?"

신성력은 마족에게 치명적이다.

심지어 지금 섞여 들어간 신성력은 평범한 신성력이 아니라, 무려 질로는 누구와도 비교할 수 없는 성녀의 신성력이었다.

이걸 제물로 쓴다는 소리는 마치 초대한 손님에게 오물과 뒤섞인 음식을 먹으라고 내놓는 꼴.

그녀는 어떻게든 신성력이 흘러 들어오는 걸 막고 들어온 신성력을 분리해 보려고 해 보았지만.

"분리하려고 해도 할 수 없을걸? 이건 너희 의식으로 직접 받아들인 신성력이니까."

만약 신성력을 외부에서 억지로 집어넣었다면 힘들더라도 분리할 수는 있었을 것이다.

하지만 이 경우에는 불가능했다.

무단으로 침입하는 밤손님과, 초대를 받아 들어온 손님의 차이랄까?

아무리 경계를 잘해도 초대를 받고 들어오는 손님을 막

을 수는 없다는 거지.

"이제 어떻게 할래?"

나는 당황하는 그녀를 보며 미소 지었다.

구오오오……!

제물들의 생명력을 빨아들이며 점점 거대해지고 있는 마력 덩어리는 그녀가 계획했던 양을 한참이나 초월한 상태로 거대해졌지만, 그림의 떡이나 다름없었다.

어느새 빨아들인 양의 절반 이상이 신성력으로 채워졌기 때문이다.

마족을 소환할 제물은커녕 오히려 마족을 죽일 수 있는 독에 가까워진 상황.

"이렇게 방대한 신성력을 어디서 구한 거냐!"

"신성력이 흘러오고 있는 방향만 봐도 누구인지 예상이 가지 않아?"

신성력은 황궁에서 흘러나오고 있었다.

황궁에서 이만한 신성력을 지닌 자는 단 한 명뿐.

"성녀…… 라고?"

그녀는 잠시 당황하는 듯 내 반응을 살피며 되물었다.

내가 별다른 말없이 침묵을 유지하자, 곧 생각이 바뀌었는지 비웃음을 띠었다.

"후후후, 설마 그런 멍청한 선택을 할 줄이야. 마족공을 소환하는 데는 실패했지만, 성녀의 목숨을 빼앗을 수 있다면 그것도 나쁘지 않지."

이 마법진은 제물들의 생명력을 빨아들이는 마법진.

네크로가 만들었기 때문에 당연하게도 제물들이 죽는 것에 대한 걱정은 안중에도 없다.

제물들의 생명력을 바닥까지 싹싹 긁어내겠지.

그런데 제물의 증표를 성녀에게 몰아주기까지 했으니, 성녀가 아무리 신성력이 많아도 버틸 수 없을 것이다.

라고, 생각하겠지만.

그건 나를 우습게 보는 거다.

"설마 마법진을 해체하려는 생각은 아니겠지? 이 마법진은 무려 헨든 님께서 직접 설계하신 마법진이란다. 네가 아무리 용사라고 해도 헨든 님의 마법진은 해체할 수 없을 거야."

그녀가 자신할 만했다.

헨든은 네크로의 수장이자 전생에서 우리와 대등하게 맞섰던 녀석이었으니.

내가 다른 차원에 갔다 오기 전이었다면 별다른 수가 없었겠지.

하지만 지금의 난 전생보다도 강해진 데다가.

"아, 헨든이 만든 거였어? 왠지 익숙하더라."

이 마법진도 이미 겪어 본 거란 말이지.

나는 순식간에 마법진을 역설계하여 구조를 알아내고 말단부터 해체하기 시작했다.

파직!

"무의미한 발악이란다. 제국에 타격을 입히는 건 실패했지만 성녀라도 죽일 수 있게 된다니! 나도 면이 살겠어."

마법진에 스파크가 일었지만, 그녀는 여전히 자신만만했다.

파지지직!

"너…… 무슨 짓을 하는 거야?"

하지만 스파크가 무시할 수 없을 정도로 점점 격렬해지자 그녀도 더 이상 나를 무시할 수 없었다.

"으으…… 에비안! 당장 저 놈을 막아!"

눈에 띄게 초조해진 그녀가 뒤늦게 에비안 황자의 언데드를 투입시켰다.

얼마나 급했는지 언데드는 에비안 황자의 모습을 유지하지 못하고 이형의 괴물 모습으로 내게 달려들었다.

"쿠아아아악!"

[어림없다!]

그 순간.

하늘 높은 곳에서 루스가 벼락처럼 빠르게 내려오며 불꽃을 쏘아 냈다.

화아아악!

"크오오오!"

루스의 불꽃은 언데드의 상극답게 금세 그나마 남아있던 에비안의 잔재를 전부 불태우고 이형의 괴물을 둘러싼다.

"아, 안 돼! 내 아이가!"

그러자 그녀는 급히 손을 내뻗었다.

그 순간 그녀의 등 뒤에서 거대한 그림자가 일어나 괴로워하고 있는 이형의 괴물을 집어삼켰다.

그사이에도 나는 계속 마법진을 해체하고 있었고 얼마 지나지 않아.

콰지지직······.

마법진에 금이 가기 시작했다.

그녀는 다급히 주변을 돌아보고 상황이 최악을 향해 치닫고 있다는 걸 깨달았다.

그녀에게 남아있는 마지막 수는 이것밖에 없었다.

"키리엘······!"

그녀는 팔에 차고 있는 팔찌를 흔들었다.

그러자 팔찌에서 어둠이 왈칵 흘러나왔다.

흘러나온 어둠은 이리저리 꿈틀거리다가 곧 한 명의 인영이 되었다.

"사, 사미엘 언니?"

키리엘은 갑작스러운 상황 변화에 당황하여 주변을 계속해서 두리번거렸다.

그녀는 방금 전까지만 해도 기사단 숙소에 연금당해 있었기 때문이다.

그나저나 네크로의 마법진 때문에 마력이 폭주하고 있는 상황인데 멀쩡하게 작동하다니, 보통 아티팩트가 아니었군.

"긴말하지 않을게. 나 좀 도와줘."

"어, 언니?"

"우리를 박해했던 인간들에게 복수를 해야 해."

사미엘은 키리엘을 향해 손을 내밀었다.

키리엘은 무심코 그녀의 손을 잡으려고 했다.

그 때였다.

"키리엘! 넌 나오지 말랬더니 어떻게 나온 거야!"

"오빠?"

데니스가 저항하는 귀족들을 제압하고 혼란한 광장을 통제하고 있다가 키리엘을 발견하고 하늘로 날아올라 왔다.

"자, 착하지? 우리 동생. 얼른 내 손을 잡는 거야."

"잡으면 죽는다!"

"키리엘, 언니 말을 믿어야지?"

키리엘은 둘 사이에서 오도 가도 못하고 망설일 수밖에 없었다.

"저년 손잡으면, 넌 정시 퇴근 못할 줄 알아!"

"으걱……!"

하지만 데니스의 단호한 한 마디에 본능적으로 데니스 쪽으로 돌아섰다.

곧 사미엘의 표정이 무섭게 일그러졌다.

"너도 결국 나를 버리려는 거구나."

"아니, 그게 아니라……."

키리엘이 뭐라 변명을 해 보려고 했지만, 사미엘은 차갑게 웃었다.

"……다 필요 없어."

화아아악!

아까 마물을 삼켰을 때처럼 그녀의 등 뒤에서 그림자가 일어나 키리엘을 집어삼키려 했다.

"아닛……!"

키리엘도 그에 맞서려 했으나 사미엘의 그림자는 너무나 거대했고.

"키리엘! 도망쳐!"

빨랐다.

데니스가 염동력으로 키리엘을 당겨 보았지만.

덥썩!

사미엘의 그림자가 키리엘을 삼켜 버렸다.

그녀는 몸을 축 늘어트린 채로 미소 지었다.

"하아…… 이 맛이야……."

"이, 이 자식이 감히 키리엘을……!"

데니스가 격노하여 염동력으로 만든 창들을 그녀를 향해 쏘아 냈다.

창이 그녀를 관통했다.

포옹!

하지만, 마치 수면 위의 형상을 관통하듯 그녀의 모습

이 잠시 일렁이는 게 고작이었다.

이상함에 자세히 들여다보니, 그녀를 감싼 옅은 그림자가 보였다.

"으아아아아……!"

하지만 분노로 눈이 뒤집힌 데니스는 신경쓰지 않고 계속해서 염동력을 쏘아 댔다.

그러나 아무리 공격을 퍼부어도 그녀의 형상이 조금 일렁일 뿐.

사미엘에겐 아무런 타격도 줄 수 없었다.

나도 합심해 마법을 몇 발 날려 보았지만, 역시나 똑같은 반응이었다.

"아아아아……."

사미엘은 우리의 공격에도 아랑곳 않고 환희 어린 표정으로 얼굴을 쓸어내렸다.

그 표정에 더 분노한 데니스는 힘을 끌어올려 땅에 박혀 있던 건물을 들어 올렸다.

"키리엘이…… 너를 만나고 얼마나 기뻐했는데…… 키리엘에게……!"

쿠구구구구구!

데니스의 염동력에 대지가 흔들리고 온갖 잡동사니가 공중으로 떠올랐다.

"너를 죽이고 말 테다!"

콰가가가!

건물을 비롯한 온갖 파편들이 사미엘을 노리고 쏘아졌다.

엄청난 수량에 피할 공간도 없을 정도.

사미엘도 이번 공격만큼은 무시할 수 없었는지 살짝 풀어진 눈으로 데니스를 바라보았다.

그리고.

울컥!

그녀를 기점으로 마치 폭발하듯 엄청난 양의 그림자가 터져 나왔다.

그리고 그녀를 향하던 모든 파편, 심지어 집까지 통째로 그림자에 삼켜졌다.

"데니스, 진정해. 일단 녀석의 능력부터 파악해 보자."

"방해하지 마!"

내가 흥분한 데니스를 말려보려고 했지만 쉽지 않았다.

우리를 멍하니 바라보던 그녀의 눈동자에 순간 이채가 돌았다.

"데니스? 네가 키리엘이 말하던 사람이구나."

"감히 네 더러운 입으로 키리엘의 이름을 부르다니!"

사미엘이 데니스에게 손을 뻗었다.

"키리엘이 변하게 된 원인."

콰직!

"크아악!"

내가 본능적으로 데니스를 마법으로 밀어냈지만 그럼

에도 반응이 늦었다.

데니스가 옆구리를 부여잡고 땅으로 떨어졌다.

사미엘은 그런 데니스를 마무리 지으려는 듯했지만 내가 그녀를 가로막았다.

"잠깐은 모르겠지만 외도가 너무 길면 나도 용서 못……."

콰직!

내가 말을 채 마치기도 전에 내가 떠 있던 공간이 마치 무언가에 뜯어 먹힌 듯 사라진다.

하지만 녀석이 공격한 건 내 분신이었고 내 분신은 신기루처럼 일렁이다 사라졌다.

나는 멀쩡한 모습으로 옆에서 나타나 말을 이었다.

"사람이 말은 끝까지……."

콰직!

"하게 해 줘야지!"

콰직!

더 이상 참지 못한 나는 순식간에 수십 명으로 분열하여 사미엘을 향해 마법을 시전했다.

"아케인 차지!"

하지만 내 공격에도 그녀의 그림자의 벽은 뚫리지 않았다.

그저 내 아케인 차지와 부딪친 부분이 밝아졌다가 차츰 다시 어두워질 뿐.

"아케인 차지마저 아무런 효과가 없다니. 어떤 속성이

든 먹어 치울 수 있는 건가? 범용성만큼은 나이베아에 뒤지지 않는군."

"나이⋯⋯ 베아?"

내 말에 그녀의 얼굴에 표정이 돌아온다.

미약한 분노.

"역시 나이베아랑 관련이 있나 보군. 무슨 관계지? 단순히 나이베아를 따르는 마인이라기엔 힘이 너무 강력하지만, 본질이 너무 비슷해."

다른 차원에서 나이베아와 싸울 때 느꼈던 기시감.

그리고 키리엘이 차고 있던 팔찌.

나이베아와 관련이 없을 리가 없었다.

콰직!

내 말이 신호탄이라도 된 듯 그녀의 공격 속도가 더욱 빨라졌다.

내가 채 말을 꺼내기도 전에 먹혀 버릴 정도.

"그⋯⋯ 입 닥쳐!"

"흐음, 알겠어. 일단 궁금증은 나중에 해결하도록 하지."

어차피 직접 잡아다가 분석하면 될 텐데 굳이 힘든 길을 걸을 필요 없지.

나는 마력을 끌어올렸다.

"절대명령: 공간 왜곡."

우우웅!

그 순간 말도 안 될 정도의 거대한 마력이 터져 나오며 공간을 장악한다.

9서클 마법이라고 해도 믿을 정도.

사미엘은 당황하여 나를 바라보았으나 거기엔 내가 없었다.

그녀는 다시 나를 찾아 돌아보았지만, 그녀가 바라보았을 때는 또다시 다른 곳으로 이동한 뒤였다.

아니, 나는 움직이지 않았다.

절대명령이 수도 전체의 공간을 왜곡했기에 그렇게 보일 뿐.

콰직!

그 덕분에 아무리 능력을 발동해 봐도 그녀가 의도한 위치와 전혀 다른 곳에 발동되었다.

"이걸로 네 원거리 능력은 봉인!"

그러자 그녀는 자신을 감싸고 있던 그림자를 풀어놓기 시작했다.

아무리 공간이 왜곡되어 있다고 하더라도 공간이 단절된 게 아닌 이상 그림자를 뻗어 나가면 닿게 되니까.

"으윽……."

물론 그렇게 한다고 하더라도 오감이 왜곡되는 데서 오는 어지럼증은 멈출 수가 없었다.

그뿐만이 아니었다.

마법이 시전된 직후부터 온몸을 짓누르는 듯한 기운.

그 기운은 심지어 바늘처럼 그녀를 찔러대기까지 했다.
마치 신성력처럼.
그녀는 그제야 뭔가를 깨달은 듯 눈을 크게 떴다.
"눈치챘어?"
나는 제물로부터 뽑아냈던 마력 덩어리를 가리켰다.
마력 덩어리는 아까의 거대한 모습은 온데간데 없이 작아져 있었다.
"원래는 마법진을 부숴 버리려고 했는데, 아까운 거야. 그러면 힘들게 모아 놓은 마력이 그냥 흩어져 버릴 테니까."
"……뭐?"
"그래서 네가 데니스와 싸울 때 마법진을 손봤지. 내가 사용할 수 있게."
"…….."
"덕분에 이런 마법을 써도 아무런 부담이 없어. 심지어 마법에 신성력이 깃들지."
나는 어느새 가까이 다가온 그림자를 바라보며 미소 지었다.
"네 그림자는 신성력이 섞인 마법을 얼마나 버틸 수 있을까?"

5장

5장

사미엘과 키리엘이 나이베아와 비슷한 능력을 지니고 있는 것으로 보아 최소 같은 혈족 이상의 관계를 지니고 있을거라 예상된다.

인간이었지만, 네크로에 의해 개조당한 거겠지.

그리고 나이베아와 같은 혈족이라는 건, 그들이 절반은 인간이라도 마족으로서 높은 격을 지니고 있다는 소리다.

거기다 사미엘은 키리엘을 흡수하기까지 했으니 나이베아 만큼엔 미치지 못하더라도 어지간한 귀족 이상의 격을 지녔을 터.

그런데 격이 높다는 건 그만큼 강하다는 뜻도 있지만 신성력에 취약하다는 소리기도 했다.

"블레이즈 웹."

나를 중심으로 사방으로 수많은 불줄기가 뿜어져 나오더니 그 불줄기끼리 서로 이어져 거대한 거미줄을 만들었다.

그사이에 갇힌 사미엘은 빈 공간을 찾아 이리저리 피해 보지만, 금세 구석에 몰렸다.

심지어 그곳은 거미줄이 가장 밀집한 공간.

내 의도대로 그녀를 몰아넣었다.

치익!

"흐윽!"

불꽃에 닿자 마치 화상을 입은 것처럼 고통에 몸을 떠는 사미엘.

이 불꽃은 평범한 불꽃이 아니라 신성력으로 타오르는 성화였기 때문이었다.

그녀는 고통으로 정신을 차렸는지 표독스러운 눈으로 나를 노려보았다.

"네가 노려보면 뭘 할 수 있는데."

그녀는 발악하듯 퍼트려 놓았던 그림자를 움직여 보려 했지만, 그녀의 그림자는 내 불꽃에 꿰어 꿈틀댈 뿐이었다.

콰직!

그녀가 발악하듯 마구잡으로 주변을 뜯어 먹었지만, 거미줄의 핵심이 되는 세로줄은 다행히 대부분 무사했다.

하지만, 그녀의 저항이 심해질수록 주변의 피해가 커지고.

어쩌다 럭키 펀치로 내 마법의 중요한 부분을 깨부술 위험도 있었기에 나는 곧바로 손을 움켜쥐었다.

"좁아져라."

퍼져있던 거미줄이 서서히 줄어들어 그녀를 옥죄기 시작했다.

"꺄아아아악!"

그녀의 끔찍한 비명과 함께 살타는 냄새가 멀리 있는 나에게까지 풍겨올 정도로 짙게 피어올랐다.

하지만 그 비명도 그녀를 덮어 오는 거미줄에 의해 서서히 소리가 줄어들더니.

[곤충의 고치 같군.]

"그걸 의도하고 만든 마법이니까."

완전히 봉인되어 버렸다.

나는 고치가 꿈틀대는 걸 멈출 때까지 바라보다가 저항을 멈춘 걸 보고는 루스를 향해 고개를 돌렸다.

"다른 애들은 어쩌고 혼자 왔어?"

[다른 신수들은 아직 사람들을 구하고 있다. 아리에스는 얼음으로 건물 붕괴를 막고 있고 알바는 바람을 통해 잔해에 깔린 사람들이 있나 찾아보고 있지.]

내가 수도의 상공에서 마음 편히 싸울 수 있던 이유였다.

나는 사미엘이 모은 마력을 사용하고 본신의 마력은 신수들에게 마음껏 사용하라고 퍼부어 주며 인명 구조를 시켰었지.

"인명 피해는?"

[마력을 원하는 대로 사용할 수 있으니, 대응이 빨라 죽은 사람은 아직은 없다. 하지만 무너진 건물들이 많아 빨리 대처하지 않는다면 생길지도 모르겠군.]

나는 그런데 넌 뭐하냐는 시선으로 루스를 빤히 바라보자, 루스는 입에서 살짝 불꽃을 내뿜더니 살짝 고도를 높였다가 내려왔다.

아마 어깨를 으쓱하는 것과 비슷한 뉘앙스인 것 같았다.

불 속성 능력으로 어떻게 도와 주냐는 의미겠지.

"그거 말고도 직접 잔해를 나르든가 하는 방법으로 도와줄 수 있잖아."

그 말에 나도 알아볼 수 있을 정도로 불퉁한 표정을 지으며 날아가는 루스.

"키리엘은……? 키리엘은 어떻게 됐어?"

그 사이 땅으로 떨어져 정신을 잃었던 데니스가 옆구리를 붙잡고 비틀비틀 걸어왔다.

나는 사미엘이 봉인되어 있는 고치를 가리켰다.

"살, 살아 있는 거냐?"

"아직은 살아 있을 거야."

사미엘이 키리엘을 삼켰다지만 사미엘과 키리엘의 격은 거의 동등.

나이베아가 거의 동격이었던 아리에스를 세뇌시킬 때 시간이 오래 걸렸던 걸 보면 사미엘도 키리엘을 완전히 흡수하기까지는 시간이 걸릴 것이다.

나는 고치에 열기에도 아랑곳 않고 고치로 다가가려는 데니스를 만류하며 말했다.

"조금만 기다려 봐. 키리엘은 금방 돌려줄 테니. 일단 네 상처부터 치유받지 그래? 키리엘이 정신 차리면 네 꼴보고 참 기분 좋아하겠다."

"……그래."

데니스는 내 말을 듣고서야 진정하고 자리에 주저앉았다.

아무리 녀석이 악바리여도 옆구리를 통째로 뜯긴 고통은 참을 수 없겠지.

저렇게 움직이다간 키리엘보다 먼저 죽어도 이상하지 않을 정도니까.

녀석은 성직자가 올 때까지 염동력으로 상처를 틀어막고 있었다.

그 잠깐의 침묵 사이에 데니스가 툭 말을 내뱉었다.

"……네겐 항상 고맙다."

"갑자기 뭐야, 낯 간지럽게. 갑자기 안 하던 말하면 죽는 게 클리셰인 거 몰라?"

"시끄러. 나도 지금처럼 정신없을 때 아니면 말 못할 거 같아서 그래."

녀석은 얼마나 부끄러웠는지 방금 전까진 피를 많이 흘려 창백한 안색이었는데 지금은 거의 멀쩡해 보일 정도로 얼굴에 핏기가 몰려 있었다.

녀석은 내 시선을 느꼈는지 고개를 팍 돌려 붉게 물든 귓등을 보이며 말했다.

"그리고 이 빚을 갚기 전에는 죽을 생각 없으니 염려 마라."

"그러려면 적어도 불로장생은 해야 할걸?"

꿈틀!

"어? 벌써 정신을 차린 건가?"

"키리엘!"

이렇게 수다를 떨고 있는데 가만히 있던 고치가 꿈틀거렸다.

나는 황급히 자리에서 일어나려는 데니스의 옆구리를 푹 찔러 쓰러트리곤 고치 앞으로 걸어갔다.

가까이 가서 보니 고치의 위쪽이 마치 우화라도 하려는 듯 작게 벌어져 있었다.

쩌적!

갈라진 고치의 틈새에서 어둠이 흘러나왔다.

만약 이걸 본 사람이 있었다면 바로 이단심판관을 부르러 달려갔겠지.

화아아아…….

그만큼 짙고 소름 끼치는 느낌의 어둠이었다.

하지만 다행히 주변엔 사람들이 전부 대피한 덕분에 우리들 말고는 아무도 없었다.

"저, 저건…… 키리엘이 아니잖아!"

"안에는 키리엘이 있을 거야. 기다려 봐."

나는 고치에서 나온 여성을 받아 들었다.

어디서나 볼 법한 미형의 여성.

주변에 맴돌고 있는 어둠만 아니라면 말이다.

짝, 짝!

"정신 차려!"

나는 그런 그녀의 볼을 연달아 내리쳤다.

하지만 마법사의 연약한 싸대기로는 그녀의 정신을 일깨우기엔 부족한 듯싶었다.

그렇다면 어쩔 수 없지.

파지지직!

"너, 뭘 하려는 거야!"

"아아, 걱정하지 마. 살짝 하는 거야. 살짝."

데니스가 내 손가락 사이로 흐르는 전류에 기겁하며 나를 말리려고 했지만 내 움직임이 조금 더 빨랐다.

파지지직!

"꺄악!"

"역시 정신 차리는 덴 전기가 직방이라니까."

정신을 차린 그녀는 눈을 동그랗게 뜨고 이리저리 주변을 두리번거렸다.

"여긴 어디……?"

화아아아.

"기억 안 나?"

그녀가 입을 벌리자, 입 안에서 연기가 피어올랐지만 나는 애써 아무렇지 않게 대꾸했다.

그러자 그녀는 그제야 그동안 있었던 일이 생각났는지 벌떡 일어났다.

"그러고 보니 언니는? 어떻게 됐나요?"

나는 거울을 만들어 그녀에게 보여 주었다.

그러자 그녀는 화들짝 놀라 본인의 얼굴을 더듬었다.

내가 보기엔 둘이 구별이 안 될 정도로 비슷하게 생겼지만.

데니스도 구별할 정도니 본인은 그 차이점을 더 잘 알겠지.

"내가 왜 언니의 모습이…… 아…….."

"그래, 넌 사미엘에게 먹혔었어. 하지만 너의 격이 너무 높아 한 번에 흡수하기엔 무리였지. 그래서 사미엘이 타격을 입어 정신을 잃은 틈에 흡수되지 않았던 네 인격이 부상한 거야."

"네……? 격이 부상……?"

"그렇다면 사미엘이 정신을 차리면 키리엘의 인격이 다시 사라질 수도 있다는 거야?"

키리엘은 여전히 혼란스러워 보였지만, 데니스는 내 말

을 단번에 이해하곤 눈을 부릅뜨며 물어왔다.

그제야 키리엘이 무언가 잘못될 수 있다는 걸 눈치챘는지 나를 주시했다.

"그렇겠지. 내가 손을 안 써 준다면."

"네자르! 부탁한다!"

"그래. 사미엘의 영혼을 봉인한다면 문제없을 거야. 오히려 사미엘의 힘까지 쓸 수 있어서 힘 자체는 몇 배나 증폭될걸?"

어떻게 보면 기연이라고 할 정도의 행운.

하지만 키리엘은 내 말에 고민하는 얼굴이 되었다.

"언니의 영혼을 봉인한다고요?"

"그래, 사미엘이 정신을 차린다면 네 육체의 주도권이 다시 사미엘에게 넘어갈 거야. 그 육체의 주인은 사미엘이니까."

그 말에 키리엘은 슬픈 표정으로 침묵했다.

데니스가 그 모습을 보고 버럭 소리 질렀다.

"왜 그래! 그년은 너를 이용하고 죽이려고 했어!"

"하지만 언니가 없었다면 저는……."

"아마 네 언니가 너를 죽이려고 한 것은 네크로에게 세뇌당해서일 거야."

"정말요? 그렇다면 세뇌를 푼다면……."

그 말에 희망을 가지는 키리엘.

반대로 데니스는 이를 갈며 외쳤다.

"네자르! 네가 그런 말을 하면……!"

"하지만, 세뇌를 푸는 건 불가능에 가까워. 이미 수많은 악행을 저질렀기에 영혼이 타락했을 테니까."

한 번 마인이 된 이상 인간으로 돌아올 수 없는 것과 같은 이치였다.

"나라면 사미엘의 영혼을 봉인할 거야."

내 조언에도 키리엘은 쉽사리 대답하지 못했다.

데니스가 몇 번이나 재촉해도 마찬가지였다.

그러다가 데니스가 성직자한테 끌려갈 때쯤이 돼서야 힘들게 입을 열었다.

"어떻게…… 방법이 없을까요?"

"방법이 없는 건 아니야."

그러자 그녀의 눈이 동그래졌다.

"하지만 대신 조건이 있어."

"뭐든 말씀만 하세요!"

"네 영혼과 사미엘의 영혼을 연구해도 될까?"

키리엘은 고개를 끄덕였다.

* * *

내가 둘의 영혼을 연구해 보려는 이유는 둘의 영혼을 조사하면 얻을 수 있는 게 너무나도 많았기 때문이다.

멀쩡한 상태의 마족의 영혼.

마족의 영혼을 인간의 영혼과 섞는 방법.

그리고 사미엘이 갖고 있는 네크로에 대한 정보까지.

그중 제일 관심이 가는 건 사미엘의 영혼이 어떻게 지금까지 버틸 수 있는지였다.

전생의 기억이 있는 내가 사미엘에 대해 떠올리지 못했던 이유는 전생에서는 멀쩡한 사미엘을 만나보지 못했기 때문이다.

우리와 만났을 때 사미엘은 인간이나 마족이라기보단 마물에 가까운 형상으로 타락해 있었다.

이성이 없이 본능만 남은 괴물.

하지만 이번엔 대화가 가능할 정도의 이성이 남아 있었다.

키리엘이야 진짜 능력에 눈을 뜨지 못했으니 이성이 남아 있어도 이해할 수 있지만, 마족의 피에 완전히 눈을 뜬 사미엘의 이성이 남아 있다는 게 말이 안 된다.

그 이유를 알 수만 있다면 앞으로 만날 저런 괴물들을 상대로 새로운 대처법을 강구해 낼 수 있으리라.

예를 들어 이성을 무너트려 자기들끼리 싸우게 만든다던가, 혹은 이성을 잃은 놈들의 이성을 돌아오게 해서 정보를 캐낸다던가.

"히, 히이이익!"

그러니 지금 내가 하는 짓은 결단코 개인의 호기심 때문이 아니라, 네크로를 막기 위해 어쩔 수 없는 일이었다.

"자, 가만히 있으면 금방 끝나. 그럴수록 더 힘들어질 뿐이야."

"그, 그러면…… 손에 든 건 내려놓고 말하면 안 될까요?"

"오, 그건 안 되지. 위기감을 겪어야 본능적인 반응이 나오고, 그래야 무의식 깊숙이 감춰져 있는 비밀을 알 수 있거든."

나는 살짝 미소를 지으며 부들부들 떠는 그녀를 향해 천천히 걸어갔다.

사미엘의 영혼을 봉인했던 탓에 네크로에 대한 정보는 얻지 못했지만, 키리엘의 영혼을 조사하는 것만으로도 많은 것을 알 수 있었다.

심지어는 시공간에 대한 이해가 높아지면서 이들의 영혼에 가해진 실험의 흔적들뿐만 아니라 과거도 일부 엿볼 수 있었다.

네크로에 있었을 때의 기억은 끔찍한 실험 탓에 대부분 엉망진창으로 망가져 있었지만.

뚜렷이 남은 기억이 몇 개 존재했다.

30대 정도로 보이는 금발의 여성 연구원.

이름은 알 수 없었지만, 그녀는 이들을 유일하게 인간으로 대해 주는 사람이었다.

어려운 환경이었음에도 키리엘 자매를 보살피고, 탈출까지 도왔다.

사미엘은 결국 다시 붙잡혔다지만, 키리엘은 그녀 덕분에 무사히 탈출할 수 있었다.

"네크로도 모두 나쁜 사람만 있는 건 아니군요."

"그건 아니지. 나쁜 사람이 착한 일 한두 개 했다고 그 사람의 죄가 사라지는 건 아니잖아."

"그래서 그 사람은 어떻게 됐는지 아세요?"

"그 이후는 나도 잘 몰라. 아마 그렇게 중요한 실험체를 도주시켰으니, 결과는 뻔하겠지."

나는 가리온과 아리스의 질문에 답해 주고 다시 말을 이었다.

"둘에 관련된 기억은 이게 고작이야. 이 기억도 키리엘의 내면 깊이 감춰져 있어서 내 능력이 아니었으면 찾기 어려웠을 거야."

"힘든 기억이었으니 저라도 잊고 싶었을 거예요……."

"그런데 이걸 말씀하시려고 우리를 부른 건 아니죠?"

역시 서당 개 삼 년이면 풍월을 읊는다고 내 의도를 바로 알아채는 가리온.

아리스도 글썽이는 눈물을 닦고 자세를 바로잡았다.

"키리엘의 흩어져 있는 기억을 재구성하니 얻은 정보가 몇 개 있어. 일단 둘 말고도 마족공의 능력을 이은 놈들이 몇 있는 것 같아."

"아마 두 분이 탈출하고도 계속해서 실험을 해 왔으니 더 늘기도 했겠죠."

"그건 걱정 안 해도 돼. 재료가 부족해서 둘이 마지막 실험체였으니 이후로 실험을 더 했다고 하더라도 마족공급의 실험체는 더 없을 거야. 문제는 이들 이전에도 실험체가 있었다는 거지."

그 숫자는 여섯.

신기하게도 전부 각각 마족공의 능력을 하나씩 이었다.

"이들이 지금도 전부 그대로 남아 있을까요? 키리엘 님이 탈출하신 지도 시간이 오래 지났으니 부작용 때문에 죽었을 가능성도……."

가리온이 희망 회로를 돌려보았지만, 나는 고개를 저었다.

"한두 명은 그랬을지도 모르겠지만 대부분 멀쩡할 거야. 아니라면 사미엘이 이렇게 도박수를 던질 리가 없었겠지. 아마 늦게 돌아온 바람에 다른 실험체에 비해 작아진 입지를 넓히기 위해 이런 도박 수를 던진 걸 거야."

"그래도 사미엘보다는 약하겠죠? 사미엘은 키리엘 님을 먹어 치워 힘을 증폭시키기까지 했으니까요."

"글쎄, 그건 모르지."

키리엘을 전부 흡수한 상황도 아니었고, 무엇보다 키리엘이 떠난 동안 무슨 실험이 더 있었는지도 모르니까.

"그들이 한 번에 쳐들어오면 어떻게 하죠?"

"그럴 걱정은 없어. 마족공의 인자를 갖고 있는 놈들이 서로 합류할 리가 없으니까."

마족들은 약한 녀석들도 서로 협력하는 경우가 거의 없었다.

그런데 마족공의 인자를 갖고 있는 녀석들이 서로 협력할 리가.

전생에 인격이 무너져 마물이 되었던 상황에서도 서로 물어뜯느라 정신없던 녀석들이었다.

심지어 마왕이 강림해서 직접 명령한다고 하더라도 협력할 가능성은 제로에 수렴하리라.

"그럼, 그나마 다행이지만……."

"그래도 적에게 상정 외의 적이 생긴 이상 이대로 넘어갈 수는 없지."

"어떻게 하시게요?"

녀석들의 영혼은 마족의 인자와 합쳐져 있기 때문에 불안정했다.

그 불안정한 영혼의 결합을 공략할 방법을 찾아낸다면 비밀병기로 쓸 수 있을 것이다.

"그 방법은 어떻게 찾으실 거예요? 아무리 이런 사고가 났다고 하더라도 네크로의 공략을 미룰 수는 없는 일인데……."

"걱정하지 마. 이미 그쪽에 권위자랑 안면을 트고 있잖아."

"누군데요?"

"마탑."

* * *

벌써 오래전 일 같지만.

나는 마탑 근처에 봉인되어 있던 아르구르를 토벌한 대가로 마탑에서 그랜드 마스터의 아랫 등급인 위저드 등급을 받았었다.

지금 와서는 8서클이 되어 위저드 등급이 무색해졌다지만, 위저드 등급은 엄청난 명예를 지니고 있었다.

그리고 그와 함께 수많은 권한도 지니고 있었으니.

"영혼의 합성과 분리는 우리 마탑에서도 금지된 연구지만, 위저드 등급이신 네자르 님이니 과거에 연구되었던 자료들은 열람하실 수 있으십니다."

마탑에 협조 공문을 띄우자마자 칼 같이 온 답변이었다.

원래라면 잘해야 한 달은 기다려야 왔겠지.

8서클 마법사인 일레르트 공작이 요청했어도 며칠은 걸렸을 만큼 마탑의 콧대는 높았다.

하지만, 마탑주에게 직접 받은 위저드 등급.

나름의 특별 대우를 받으며 그렇게 마탑으로 향하게 되었다.

그런데.

출발한 지 얼마 안 되어 문제가 생겼다.

"마틴…… 오랜만이네."

"그러게, 말입니다."

수도에서 멀다면 멀고 가깝다면 가까운 영지.

그곳에서 불청객을 만나 버린 것이다.

마틴.

전생에서는 헨든의 오른팔이었던 존재.

녀석은 왠지 전에 만났을 때보다 수척해 보였다.

"네자르 님은 엄청 신출귀몰하시더군요. 찾느라 고생 좀 했습니다."

"아, 내가 좀 바쁜 몸이라."

녀석들이 내가 한 달 동안 차원의 회랑에 갔다 왔으리라곤 예상치 못했을 테니, 녀석들의 입장에선 내가 어디서 번쩍 사라졌다 나타난 줄 알겠지.

"그리고 안 보이는 동안 많이 달라지셨군요."

"너도 마찬가지야. 나를 찾느라 고생이 좀 많았나 봐."

녀석은 내가 대놓고 기세를 내뿜자 당황하는 기색이 역력했다.

녀석의 입장에선 상식 밖으로 강해진 셈이니.

"꺄아아악!"

내가 내뿜는 기세에 공포를 느낀 사람들이 사방으로 도망쳤다.

그러자 마틴이 창을 휘둘러 내 기세를 걷어내며 말했다.

"허튼짓 마십시오. 인간들이 일정 이상 도망치면 그대로 헤르만을 해방하도록 하겠습니다."

"쯧, 눈치가 빠르네."

나는 혀를 차며 녀석이 가리키는 사내를 쳐다보았다.

녀석의 뒤에서 후드를 쓰고 가만히 서 있는 사내, 저 녀석이 헤르만인 건가.

이전과 다르게 가만히 있는 걸로 보아 어느 정도 통제는 성공한 모양.

"어쨌든 네가 경고했으니 나도 하나 경고하지. 네가 사람을 하나라도 죽인다면 너도 살아 나갈 생각하지 마."

"알겠습니다. 네자르 님께서 제 부탁만 들어주신다면 아무런 문제도 없으실 겁니다."

나는 어깨를 으쓱했다.

"그래서 어쩔 셈이지?"

"원래라면 당신을 죽이려고 온 거였지만 예상외의 변수가 너무 많아 이번은 무리겠군요."

녀석은 창을 집어넣으며 말했다.

"어딜 가려고."

나는 녀석을 향해 손을 뻗었다.

그러자 녀석은 여유로운 척하며 말했다.

"조심하세요. 좀 더 움직이신다면 여기 인간들의 목숨은 없어질 테니까요."

"흐음."

"용사가 고작 저 하나를 잡겠다고 이렇게 많은 인간을 포기하진 않겠지요?"

내 뜨뜻미지근한 반응에 불안해진 마틴이 서둘러 말했다.

하지만 나는 녀석을 향해 마법을 쏘았다.

콰광!

갑자기 쏘아진 마법에 주변에서 우리를 경계하고 있던 사람들이 놀라 사방으로 흩어졌다.

"한번 해 봐."

"네?"

"네가 하려던 짓. 해 보라고."

"……제가 우습게 보인 모양이네요."

녀석은 바로 옆에 다리가 풀린 상태로 쓰러져 있는 여인을 향해 창을 뻗었다.

하지만 창이 닿는 순간 상이 흩어지며 증발해 버렸다.

"무슨?!"

"이미 이 공간에 있는 사람들은 전부 환상이란다. 애초에 네가 창을 휘둘렀는데 사람들이 남아 있다는 게 이상하지 않아?"

나는 대수롭지 않은 듯 대꾸했다.

그러자 마틴은 당황스러운 듯 눈을 뒤룩뒤룩 돌리며 떨리는 목소리로 말했다.

"언제부터……?"

"처음 만났을 때부터지."

처음엔 방심을 이용해서 환각을 하나하나 추가했고 내

가 전력을 드러내어 녀석을 당황하게 했을 때 녀석의 인지를 살짝 비틀었다.

거기서부턴 일사천리였다.

녀석이 나를 너무 경계한 나머지 주변에서 느껴지는 이질감을 눈치채지 못한 것이다.

"이런 말도 안 되는…… 일레르트 공작도 못 할 짓인 것 같은데요?"

"에이, 그 양반은 실전 경험이 부족해서 그렇지, 실전 경험만 있으면 나보다 더 잘할걸?"

"그렇다는 얘기는 지금은 네자르 님이 더 잘하신다는 얘기 아니십니까?"

"그런 셈인가?"

나는 비밀리에 끌어 올렸던 마력을 풀어놓으며 대꾸했다.

그러자 마틴은 쓴 웃음을 지으며 창을 들어 올렸다.

쉬익!

그와 동시에 뱀처럼 쏘아진 일격.

나는 실드로 녀석의 일격을 빗겨내며 뒤로 물러났다.

그리고 우리 사이를 막아서는 가리온.

그런데 이어서 공격할 줄 알았던 녀석은 오히려 나처럼 뒤로 물러났다.

"이번에는 당했지만, 다음에는 이런 수에 넘어갈 거라 생각하지 마시죠."

스으윽.

저번처럼 그림자를 통해 빠져나가려는 수작인 건가.

"네자르 님! 녀석이 도망가지 못하게……!"

"걱정하지 말라니까. 내가 당한 수에 또 당할 거 같아?"

그림자로 들어갔던 녀석들은 얼마 지나지 않아 바깥으로 퉁겨져 나왔다.

퉁겨져 나온 녀석의 표정은 능글맞던 모습이 전부 사라져 있었다.

나는 팔짱을 끼며 녀석을 향해 웃어 주었다.

"환상 마법에 걸린 상대에게 가장 쉬운 게 뭔지 알아? 바로 눈치채지 못하게 마법을 끼워 넣는 거야. 네가 이미 도망가지 못하게 이 시공간을 박리해 뒀지."

"아니……."

너무 일방적으로 당한 나머지 창을 내게 겨누지도 못하고 황망히 서 있는 녀석.

내가 원했던 반응은 오히려 녀석의 뒤에서 나왔다.

"으르르르…… 네놈은…… 네자르……?"

마틴이 통제력을 잠시 잃은 사이 헤르만이 반응한 것이다.

나는 반갑게 손을 흔들었다.

"오, 오랜만이야. 예전보다 목소리가 많이 터프해졌다?"

"네자르…… 네자르…… 네자르……!"

녀석의 목소리가 점점 거칠어지고 커지며 나중에 가서

는 거의 알아듣지 못할 정도로 거친 파열음이 되었다.

녀석의 주변으로 엄청난 마기가 폭풍처럼 모여들며 녀석의 후드를 찢어발겼다.

"으웃, 저건…… 무슨……."

헤르만의 모습을 보고 신음을 금치 못하는 아리스.

그만큼 헤르만의 모습은 끔찍했다.

실루엣은 인간과 비슷했지만 그건 마틴이 강제로 녀석의 모습을 그렇게 억누르던 것이었다.

녀석의 통제력이 사라지자, 녀석은 마치 슬라임처럼 바닥에 추욱 늘어졌으며 반투명한 몸은 기포 대신 눈알이 떠다녔다.

그리고 녀석의 몸에서 수십 개의 입들이 돋아나더니 신음처럼 저주를 퍼붓는다.

"시들어라. 허물어져라. 쇠락하라."

"……네자르…… 잊힐 것이다……."

알아들을 수 없을 정도로 겹친 저주들은 미세하지만 모두 마력을 품고 있어 한 마디, 한 마디가 반복될수록 주박이 되어 나를 옥죄기 시작했다.

"단순한 의념이 실체에 영향을 끼칠 줄이야. 나에 대한 악감정이 그만큼 심하다는 건가?"

녀석의 모습은 완전 나만을 노린 결전 병기나 다름없었다.

하지만 그러면 말이야.

"내가 상대 안 하면 그만 아냐?"

헤르만이 엄청난 속도로 나를 향해 달려왔다.

형체가 일정하지 않은 만큼, 움직이는 방향도 예측하기 힘들었다.

거기다가 녀석의 저주가 한층 더 격렬해지며 나를 괴롭혔다.

쐐액!

녀석의 촉수가 채찍처럼 휘어지며 나를 노렸다.

나는 녀석의 저주로 인해 반응조차 하지 못했다.

아니, 안 했다.

콰드드득!

녀석의 촉수를 막아서는 얼음 기둥.

녀석은 그대로 촉수를 죄여 기둥을 박살 내려고 했지만, 오히려 촉수가 얼어붙는다.

"크르륵…… 네자르……."

녀석이 뭐라 중얼거리는 찰나 녀석의 머리 위로 검이 내리꽂힌다.

"비기 싸우전드 소드!"

어디서 또 훔쳐 배운 비기인지는 몰라도 가리온의 엄청난 쾌검에 순식간에 난자되는 헤르만.

갈가리 쪼개지는 와중에도 녀석의 시선은 나만을 향해 있었다.

하지만.

"그럼 어쩔건데."

나는 녀석을 비웃고는 마틴을 바라보았다.

마틴은 헤르만이 날뛴 덕분에 그나마 이성을 회복한 듯싶었다.

"이거 참, 난감하군요."

"이렇게 흘러갈 줄은 예상 못했나 보지? 내가 바보도 아니고, 동료도 없이 혼자 다닐 리가 없잖아."

"나름 준비는 해 놨지만……."

"아, 바깥에 있는 놈들 말하는 거야?"

나는 결계 바깥으로 시선을 옮겼다.

그곳에서는 일단의 무리가 결계 내부로 들어오려 온갖 발악을 하고 있었다.

"그것마저 눈치챈 겁니까……?"

"아니, 그건 몰랐었어. 그런데 곰곰이 생각해 보니 이상하더라. 내가 아무리 인지를 비틀었다지만 네가 영지 안의 사람들을 인질로 잡고 있는데 생각 없이 창을 휘두를 녀석이 아니거든."

그리고 내가 녀석에게 환상 마법에 관해 설명했을 때 녀석이 보인 반응도 이상했다.

녀석의 성격상 자신의 인지가 조종당했다는 것에 놀라는 게 우선이겠지.

물론, 미묘한 차이였지만.

이 차이와 주변 사람들로부터 느꼈던 사소한 이질감 덕

분에 확신할 수 있게 되었다.

"이미 당신을 제가 할 수 있는 최대한으로 고평가를 하고 있다고 생각했지만, 그걸로도 부족했나 보군요."

"그렇게 칭찬해도 내가 줄 수 있는 건 마법밖에 없어."

"알고 있습니다. 어쩔 수 없죠."

녀석은 드디어 결심이 선 듯 창을 내게 겨누고 자세를 낮췄다.

파고들 빈틈을 찾기 위해 녀석의 예리한 눈빛이 내 전신을 훑었다.

하지만 녀석에게 선수를 뺏길 수는 없었다.

"저지먼트!"

콰광!

예고도 없이 떨어진 벼락이 녀석이 사라진 빈자리에 내리친다.

눈 깜짝할 새 코앞으로 다가와 내게 창을 휘두르는 마틴.

녀석의 창 끝엔 강기가 선연하게 빛나고 있었다.

콰직!

실드를 종잇장처럼 찢어발기며 목덜미를 노리는 창 끝.

나는 공간을 왜곡시켜 자리를 벗어나려 했지만, 창이 마치 뱀과 같이 굽이치며 나를 찾아온다.

마스터인 녀석은 왜곡된 공간마저도 제대로 인지하고 있었던 것이다.

하지만, 나도 당하고만 있지는 않았다.

슈슈슉!

촉수로 만들어진 화살비가 녀석에게 내리꽂혔다.

마력을 몸에 두른다면 어지간한 마법 정도는 몸으로 버틸 수 있을 터.

녀석은 그렇게 생각하곤, 마저 공격하려 나에게 달려들었다.

푹!

하지만 하나가 팔에 박히는 순간 녀석은 화들짝 놀라 창을 크게 휘둘러 촉수를 쳐냈다.

"내가 마스터를 상대로 평범한 무기를 쓸 줄 알았어?"

"어째서 당신이 이런 무기를……."

녀석은 촉수로부터 흘러오는 독기 때문에 신음을 흘릴 수밖에 없었다.

"용사가 언제나 정정당당한 무기만 쓰라는 법 있어?"

"크윽……!"

녀석은 고민하다가 박힌 상처에 창을 찔러 넣었다.

푸욱!

녀석의 상처에서 검은 피가 솟구친다.

조금만 늦었어도 팔 자체를 절단해야 했을 텐데 아쉽군.

녀석은 흘러나오는 피가 붉은색으로 변하자 품에서 아티팩트를 꺼냈다.

"음?"

나는 그 아티팩트를 보고 의문을 품을 수밖에 없었다.

그건 아티팩트가 아니라 네크로와 상극인 성물이었으니까.

우웅!

마인이 성물로 상처를 치유할 수 있다는 건 말이 되지 않았다.

하지만 녀석은 성물로 상처를 치유했다.

그렇다는 건…….

"넌 마인이 아니었냐?"

"그렇습니다. 덕분에 성물을 사용할 수 있죠."

녀석은 상처가 아물었지만 이미 흘린 피는 어쩔 수 없었다.

아까 전보다 명백히 창백해진 안색.

쇄애액!

하지만 녀석의 속도에는 변함이 없었다.

녀석은 내게 마법을 시전할 시간을 주지 않으려는 듯했다.

콰과광!

그렇지만 내게는 의미가 없다.

벌써 오래전 일이지만 질리언과 싸울 때처럼 수인을 변형했기 때문이다.

쉬익!

나는 녀석의 공격을 예측하고 고개를 돌려 창을 피했다.

그래도 녀석의 창은 내 볼을 훑고 갔다.

화끈!

볼에서 뜨거운 열기가 느껴진다.

녀석은 당연히 그것만으로 만족하지 않는지 곧바로 창을 틀어 나를 계속해서 압박해 오지만.

퍼엉!

"이런!"

작은 폭발이 창의 궤도를 틀어 버린다.

고개를 돌려 피하는 것마저 수인이었기 때문이다.

그리고 그 틈에 물러난 나는 다시 방어 마법을 재구축했다.

녀석은 바로 내게 붙으려고 했다가 순식간에 원상복구된 모습을 보고 허탈해했다.

"어떻게 그 짧은 틈에 마법을 시전하신 거죠?"

"뒤로 물러나기 위한 공간 마법과 방어 마법의 수인을 하나로 엮어 같이 시전한 거야."

"한 가지의 수인으로 여러 개의 마법을 동시에 시전할 수 있다고요? 그런 소리는 들어본 적이 없습니다만."

"나니까 가능한 거지."

마법을 완전히 이해하는 것은 기본.

그것을 최소 단위로 나눈 다음 재구축하고, 연산마저 손수 쌓아 올려야만 가능한 재주니까 말이야.

마틴은 마법사가 아니라 이게 얼마나 말도 안 되는 방법인지는 몰랐지만, 그걸로 뭘 할 수 있는지는 깨달았는지 얼굴을 굳혔다.

우웅!

녀석은 내 마력이 다시 움직이는 순간 급히 몸을 날렸다.

내 마법이 시전되기 전에 먼저 공격할 생각인 듯했다.

아무리 동시에 여러 마법을 시전한다고 하더라도 마법의 시전시간 자체는 줄일 수 없으니까.

"아케인 차지!"

하지만, 아케인 차지라면 얘기가 다르지.

마력을 서로 충돌시키기만 하면 되니까 말이야.

"아닛!"

콰광!

녀석은 창을 세워 막아 보았지만, 아케인 차지의 폭발력 자체는 5서클 이상의 고위 마법에 버금갔다.

결국 반발력을 이기지 못하고 튕겨 나가는 마틴.

그리고 거리가 벌어지면 유리한 것은 마법사였다.

"파이어 그레네이드!"

사방으로 수십 개의 유탄이 녀석을 향해 쏘아져 나갔다.

녀석은 바삐 손을 놀려 유탄을 모조리 쳐냈지만, 온몸에 그을린 흔적이 가득했다.

그리고 당연히 내 마법은 이게 끝이 아니었다.

"아스트라페!"

번개를 머금은 촉수들이 녀석을 향해 사정없이 내리꽂혔다.

아무리 녀석이 막는다고 해도 촉수들이 방전되며 흐르는 전기는 녀석도 무시할 수 없었다.

마법이 끝났을 때 녀석의 의복은 전부 타 버렸으며 머리카락은 하늘로 치솟아 있었다.

"그, 그만……!"

"케라우노스."

이어 내리찍는 마법.

다 끝났다고 희망을 품을 때 그걸 뭉개는 맛 때문에 이 마법을 끊지 못하는 거거든.

파직 파직!

마법이 끝나고 남은 전류들이 주변에서 스파크를 일으켰다.

무사히 버텨냈지만, 스파크가 일 때마다 마틴의 근육이 잘게 떨리는 것으로 보아 충격이 상당한 것 같았다.

"잔인…… 하시군요."

"네놈들이 할 말이냐? 근데 마인도 아니면서 끈질기네. 혹시 성물이 더 남아 있는 거야?"

녀석에게 성물이 더 남아 있다고 해도 결과는 변하지 않는다.

아무리 일대일에선 마스터가 마법사보다 유리하다지만 그것도 사람 나름.

압도적인 전투 경험은 상성마저 이기는 법이다.

녀석은 내 예상대로 품에서 성물을 꺼냈지만.

"……."

그걸 쓰지 않고 망설였다.

그러다가 고개를 들어 나를 쳐다보았다.

"왜 공격하지 않으시는 겁니까?"

"왜? 공격해 줬으면 좋겠어?"

"그건 아니지만 저를 마무리하시려면 기회는 많으셨을 텐데요."

역시 마틴은 눈치가 빠르군.

마법을 끝까지 썼다면 녀석은 성물을 사용할 틈도 없었을 것이다.

"그냥 고민 좀 하고 있었어. 너를 살려 주는 게 나을지."

"저를…… 살려 주신다고요?"

"그래."

마틴은 내 대답에 어이가 없다는 듯 피식 웃었다.

"설마 제가 당신에게 생명을 구걸할 거라 생각하신 겁니까? 제가 네크로를 팔아넘길 거라고?"

그럴 리가.

내가 고개를 젓자, 녀석은 갑자기 뭔가 생각난 듯 표정을 굳혔다.

"그러고 보니…… 당신은 사람의 기억을 읽어 내는 능력을 가졌죠."

"조금 다르지만, 결과는 비슷하지."

"제가 그걸 당해 줄 것 같습니까?"

그와 동시에 성물을 내팽개치고 어디서 기운이 났는지 창을 번쩍 들어 자신의 목을 겨눴다.

"워워, 진정해."

"말하시는 걸 보니 시체에서는 정보를 얻어 낼 수 없는가 보군요. 제게선 아무것도 얻어 내지 못하실 겁니다."

스윽.

녀석의 목이 창에 스치고 피가 흘러나왔다.

나는 그런 녀석에게 웃어 주었다.

"아니, 그럴 생각 없다니까? 맹세라도 해 주랴?"

당장이라도 창을 찌르려다가 멈칫하는 녀석.

내 말에서 진심을 느낀 모양이었다.

"나는 너를 그냥 풀어 줄까 고민 중이야."

"어째서죠……?"

"사미엘에게 좋은 정보를 들었거든."

"사미엘? 설마 칠죄종에게?"

녀석의 목소리에는 숨기지 못한 적의가 느껴졌다.

나는 모르는 척 어깨를 으쓱였다.

"그래, 너희는 걔네들을 칠죄종이라고 부르는구나. 아무튼 걔네들 때문에 요즘 힘들지?"

"사미엘에게 그것까지 캐냈습니까?"

나는 다 알고 있는 척 고개를 끄덕였다.

"헨든이 골치가 아플 거야. 오죽하면 사미엘이 독단으로 제국의 수도를 태워 버리려고 하겠어."

그 말에 마틴이 불쾌한 듯 표정을 일그러트린다.

'넘겨짚었는데 정답이었군.'

사미엘의 행동 기조가 너무 갑작스럽고 헨든의 움직임과 너무 이질적이다 싶었건만.

그렇다면 내 예상도 맞겠군.

"내가 왜 너를 살려 주려고 하는지 알아?"

"저를 통해 네크로를 흔들 생각이십니까? 하핫."

녀석은 나를 비웃으며 말했다.

"제가 당신의 뜻에 얌전히 따라 줄 것 같습니까? 설령 그렇다고 하더라도 순수한 인간인 제가 감히 칠죄종과 대적한다는 것 자체가 가능할 리 없죠."

"그건 그렇겠지."

녀석이 인간임을 고수하는 이유는 모르지만, 녀석이 아무리 마인이 된다고 하더라도 마족공의 인자를 가진 녀석들과 충돌한다면 네크로가 누구 편을 들어 줄지는 당연했다.

애초에 녀석이 나를 암살하는 임무를 받은 것도 결과론적이지만 버린 패가 되었다고도 할 수 있으니.

하지만 그건 녀석 혼자일 때 말이었다.

"헨든이 너 없이 그 자리를 지킬 수 있을까?"

마틴의 표정이 굳어졌다.

"무슨 말씀이십니까."

"네 정도의 머리면 내가 무슨 말을 하는 건지 알 텐데?"

마족공의 인자를 이은 칠죄종이 헨든의 아래에서 만족할 리가 없었다.

아마 금세 반발하고 튀어 오르겠지.

그리고 네크로라는 집단의 특성상 그들을 따르는 자들도 적지 않을 것이다.

"다른 때라면 모르지만 당신이 있는데 그런 바보 같은 짓을……."

"하겠지?"

그리고 조직보다 헨든에게 충성하는 녀석이라면 절대 내 제안을 거절하지 못할 것이다.

그게 아무리 함정이라고 해도.

6장

6장

 마틴까지 처리하자 우리의 여정을 막는 장애물은 더 이상 없었다.

 아무리 네크로라고 한들 대륙에 영향권을 대부분 상실한 지금.

 이 이상의 방해꾼을 보낼 여력은 없을 것이다.

 "거기, 멈춰! 살고 싶으면 갖고 있는 거 다 내놔. 거기 여자도 두고 가고…… 흐흐……."

 인원도 적고 입은 의복도 나름 비싼 것들이다 보니 간혹 이런 놈들이 꼬이긴 하지만.

 "뭐야? 저항하려는 거냐? 보아하니 마법사 같은데 우리 검은 머리 도적단의 대장도 2서클의 엄청난 대마법사…… 크헉!"

콰광!

식후 간식거리도 되지 않는다.

이들 말고도 가끔 몬스터나 마물들도 나타났지만, 우리들에겐 아무런 감흥조차 주지 않는 놈들이었다.

그렇게 계속 이동하니 머지않아 우리를 마중하러 나온 마법사와 대면할 수 있었다.

"오랜만입니다. 알시나 님."

다테스의 스승이자 마탑의 그랜드마스터인 알시나였다.

"너…… 네자르 맞니?"

알시나는 인사도 잊은 채 떨리는 눈으로 나를 바라보았다.

하긴, 처음 그녀를 만났을 때 나는 고작 5서클에 불과했다.

그런데 지금은 그녀의 경지를 넘어서 그녀가 내 경지를 전혀 파악할 수 없을 테니 당황스러울 수밖에.

"그럼 누구겠어요? 보이는 그대로지요."

"흐음……."

그녀는 내 대답에도 여전히 의심스러운 눈초리로 나를 유심히 살폈다.

그 후에도 성에 차지 않는지 몸 이곳저곳을 만지다 결국에는 마법까지 시전했다.

내가 곧바로 마법 쐐기를 날려 그녀의 마법을 부숴 버렸지만.

"읏! 뭐 하는 거야!"

"제가 할 말인데요? 더 이상 하시면 화낼 겁니다."

그 말에 그녀는 혀를 차며 뒤로 물러났다.

"칫……."

"반응을 보니 제가 진짜라는 걸 알면서 일부러 그런 거였군요. 이거, 마탑주 님을 만나면 꼭 보고드리겠습니다."

그러자 화들짝 놀라 손을 가로젓는 알시나.

"아, 제발 그것만은! 한 중반까지는 진짜로 의심스러웠단 말이야!"

"그럼, 거기서부터는 일부러 그랬다는 뜻?"

"하…… 하지만 이렇게 단기간에 너처럼 강해진 마법사는 처음 본다고! 이런 신기한 연구 소재를 무시하고 넘어갈 수가 있겠어? 너도 마법사니까 공감하지?"

나는 그녀의 변명 같지 않은 변명을 무시했다.

여전히 마법사에 대한 안 좋은 편견을 강화하는 알시나였다.

이것 봐, 결국 그녀 같은 마법사 때문에 나 같은 선량한 마법사가 피해를 본다니까?

"그보다 시간이 부족해서 그런데 제가 요청한 서적들은 전부 준비가 됐겠죠?"

"아, 그게……."

알시나가 나이에 어울리지 않게 손가락을 꼼지락 거리

며 조심스럽게 말했다.

"준비는 다 해 뒀는데 너희가 출발하고 얼마 안 지나 불이 나서 전부 태워 먹었어."

"네에!? 마탑에 불이 났다고요?!"

"다친 사람은 얼마나 되죠?"

화들짝 놀라 대화에 끼어드는 두 사람.

알시나는 별거 아니라는 듯 손사래를 치며 말했다.

"걱정하지 마. 우리 마탑이야. 다친 사람도 없고 불도 크게 안 났어."

"그런데, 마탑에 불이 나다니…… 보통 불로는 알아서 진화될 테고. 그게 아니어도 주변에 마법사들이 금방 불을 끄러 올 텐데요?"

"그게…… 연구를 하다 난 불이었거든……."

뭔가 우리 눈치를 보는 듯한 알시나.

설마…….

"누가 한 실험인데요?"

"……나……. 미안해! 너희가 아르구르를 무찌르고 보니 마족의 영혼에 대해 호기심이 생겼어. 그런데 마족의 영혼은 보통 화염 속성과 관련이 있잖아? 그런데 신기하게도 인간의 영혼은 화염과 상성이 좋지 않아. 그래서 거기서 착안해서 영혼과 화염의 마법학적 관련성에 대해 연구하다가……!"

"책에 불을 내셨다?"

"응……."

네크로가 침입해 내 계획을 방해한 건가 했더니.

단순한 삽질이라니…….

아이고, 골이야.

나는 지끈거려 오는 이마를 손으로 짚었다.

"네자르 님, 그럼 어떻게 하죠?"

"괜찮아. 그래도 알시나 님이 한 연구가 영혼과 관련된 내용이니, 인간과 마족의 영혼에 관련된 내용도 알고 계시는 게 많을 거야. 맞죠?"

"아니……? 말했잖아. 내가 연구한 건 인간 영혼과 화염 속성 마법에 대해서라니까? 인간 영혼이라면 도움을 줄 수 있겠지만 마족 영혼은 나도 몰라."

눈을 동그랗게 뜨며 대답하는 알시나.

마치 호기심 많은 토끼를 보는 듯하다.

너무 귀여워서 눈을 꽉 찔러 버리고 싶네.

"……그럼, 우리 헛걸음한 건가요?"

"그건 아닐 거야. 마탑이 보유하고 있는 마법 서적은 귀하기로 이름 높은 책들. 태워 먹었어도 다른 필사본이 있을 거야. 맞죠?"

알시나가 고개를 끄덕이자 나는 속으로 안도의 한숨을 내쉬었다.

하지만 알시나의 미묘한 표정이 눈에 걸렸다.

"그럼 다행이네요."

"그게…… 있긴 한데 찾으러 가는 건 불가능해."

"어째서죠?"

"그…… 마법서의 필사본은 마탑의 심부에 보관되어 있는데 가디언들이 지키고 있어."

그거야 당연하겠지.

마탑이 그런 자산을 아무렇게나 보관할 리가 없으니까.

그런데 그녀의 말은 그게 끝이 아니었다.

"그런데 그 가디언들의 통제 코드를 갖고 있던 마법사들이 최근에 마법을 연구하다가 실수로 정신 오염에 걸려서……."

"얼마나 심한 정신 오염에 걸렸길래?"

"2급…… 아니 1급이던가? 유아 퇴행까지 된 녀석들도 있던데."

어지간한 수준이라면 내 환상 마법을 이용해 기억을 뽑아낼 수 있는데 유아 퇴행까지 되었다고 한다면 이미 내 마법으로도 불가능한 수준이었다.

여기가 마탑이다보니 아예 회생이 불가능하진 않겠지만, 시간이 오래 걸릴 터.

"하필 이런 때에 정신 오염에 걸리다니. 무슨 연구를 하고 있었기에 통제 코드를 갖고 있던 마법사들이 전부 정신 오염에 걸린 거야?"

"그게 좀 얘기가 길어져. 최근에 이차원의 존재에 대해 새로운 성과를 발견해서 위저드 등급에 오른 마법사들이 급격히 많아졌어. 그 덕분에 이차원이 연구 트렌드가 되어 버렸지. 그런데 이차원의 존재들은…… 알지?"

나는 고개를 끄덕였다.

내가 시공간의 틈이나 차원의 회랑에서 봤던 존재들은 엄청난 존재감을 지니고 있었다.

그 존재감으로부터 스스로를 보호할 수 있는 실력을 지니지 않고는 보는 것만으로도 정신이 무너질 정도로.

그 마법사들은 아마 그 이차원의 존재들을 별다른 보호막 없이 맞닥뜨린 게 분명했다.

……그런데, 어떻게?

"차원을 넘거나 시공간의 틈을 직접 들여다보려면 적어도 해당 개념을 깨달은 마법사가 필요할 텐데 마탑에 그런 마법사가 새로 나타났나요?"

전생에서는 시공간의 개념을 깨달은 마법사는 나밖에 없었다.

물론 나비 효과 탓에 죽어야 할 사람이 살아서 새로운 대마법사가 등장했을 수도 있지만, 그런 소식은 들은 바가 없었다.

"대마법사는 아니지만 시공간에 대한 새로운 개념을 들고 온 마법사가 있어. 이차원의 존재가 트렌드가 된 이유도 그것 때문이지. 대마법사의 도움이 없이도 시공간이나 차원의 틈새를 내다볼 수 있게 되었으니."

거기까지 말했을 때 나는 무언가 불안함을 느끼고 말았다.

내가 차원의 회랑에 버리고 온 성검의 일부.

원래라면 내다볼 수 있는 존재가 없기에 별다른 조치를 하지 않았다.

그렇지만, 만약 이런 연구가 더욱 활성화된다면 내 성검을 발견하고 가져올 수도 있지 않겠는가.

"하지만 이번 같은 사고가 터져 버린 이상 마탑이라고 하더라도 대응책이 생길 때까지는 연구에 소극적으로 굴겠지."

그건 그나마 다행이라고 해야 할까.

하지만, 미리 대응은 해 둬야 할 것 같군.

"그런데 그러면 우리가 찾으려는 책들은 어떻게 하죠? 그냥 돌아가야 하나요?"

"그래서 내가 나왔잖아."

"알시나 님이요? 알시나 님이 뭘 할 수 있는데요?"

우리가 믿지 못하는 시선으로 바라보자, 그녀가 발끈했다.

"내 전공 몰라?"

안다.

그 전공으로 우리가 필요한 책을 불태워 먹었으니까.

그녀는 내 시선에 찔끔했는지 약간 움츠러든 목소리로 말했다.

"그러니까…… 내가 가디언들을 제압해 줄 테니 걱정

하지 말라고."

"마탑의 가디언들이라면 꽤 비쌀 텐데? 그래도 되겠어요?"

"어차피 가디언들이 노후화돼서 바꿀 예정이었거든."

그녀는 기세등등하게 앞장서 마탑 안으로 들어가며 말했다.

"그러니까, 너흰 걱정 붙들어 매고 따라오기나 하셔."

* * *

[비인가자 감지. 비인가자 감지. 출입 허가증 또는 출입증을 제시하십시오.]

인간의 모습을 했지만 묘하게 불쾌하게 생긴 자동인형들이 우리를 가로막았다.

"그랜드마스터 알시나야. 허가증은 여기 있고."

[출입증 또는 허가증의 유효 기간이 지났습니다. 새로운 허가증 또는 출입증을 갱신하거나 업데이트하십시오.]

"예상했던 반응이네."

[허가증 또는 출입증이 없는 경우 보안 프로토콜을 실행합니다. 제한 구역에서의 무단출입은 금지되어 있습니다.]

알시나는 한숨을 내쉬며 손을 들어 올렸다.

그러자 마력의 움직임을 감지한 자동인형의 눈구멍에 빨간색 불이 들어왔다.

[보안 위반 감지. 보안 위반 감지. 보안 요원들이 출동 예정입니다. 제한 구역의 규정에 따라 법적 조치가 취해질 것입니다.]

화르륵!

[최종 경고: 복종하지 않을 경우, 자체 방어 시스템이 가동되어 무력 조치가 취해집니다. 이는 당신의 안전을 위한 경고입니다. 즉시 시설을 떠나십시오.]

알시나는 대꾸하지 않고 화염구를 날려 보냈다.

그러자 금속으로 된 자동인형이 녹아 흘러내렸고, 그와 동시에 마탑의 심부에 날카로운 경고음과 함께 대피 안내가 울려 퍼진다.

[자체 방어 시스템 활성화. 자동 방어 프로세스를 시작합니다. 모든 시설 사용자는 신속히 대피하여 안전 지역으로 이동하십시오.]

[비상 대피로를 찾아 대피하십시오. 보안 시스템이 작동 중입니다. 이 지역을 빠르게 떠나시고, 피난로를 따라 이동하십시오. 모든 출입문은 자동으로 잠길 것입니다.]

동시에 이곳저곳에서 차단기가 내려오는 소리와.

어디선가 무거운 발걸음 소리가 들려왔다.

"역시 마탑답게 보안이 확실하군."

"감탄만 할 게 아니라 우리도 나서야 하는 거 아니에요?"

"에이, 괜히 마탑에서 알시나 님을 보냈겠어? 알시나 님이 해결해 주시겠지. 이래 뵈도 그랜드마스터시잖아."

"'이래 뵈도'라는 건 뭐지?"

알시나가 불쾌한 듯 대답하며 손으로는 쉼 없이 수인을 그렸다.

그녀가 그리는 수인에 따라 붉고 푸른 불꽃들이 신비한 그림을 그렸다.

철컥! 철컥!

가장 먼저 나온 건 리빙 아머였다.

움직일 때마다 빈 갑옷 특유의 금속음을 내며 다가오는 리빙 아머들.

철컥거리며 곧장 검을 치켜들었지만, 알시나가 더 빨랐다.

"화염 군주의 연무!"

그녀의 주변에서 맴돌던 푸른 화염과 붉은 화염이 기하학적인 곡선을 그리며 리빙 아머에게 작렬했다.

자체적으로 내장된 방어 마법진들이 빛을 내며 저항해 보지만, 불꽃들은 이리저리 춤을 추며 마법진을 우회하더니 리빙 아머의 내부로 들어가 폭발했다.

퍼엉!

마치 불꽃놀이가 연상되는 폭발.

마법사가 봐도, 비 마법사가 봐도 볼거리가 많은 마법이었다.

예전에 카스틸리아에서 보았던 화염 마법사보다 세련된 수준의 마법.

알시나는 이어 다른 마법을 준비하려는 듯 챙겨온 아티팩트들을 꺼냈다.

하나하나가 나조차 욕심이 나는 수준의 아티팩트들이었다.

"모두 화염 속성을 증폭시키는 아티팩트로군. 그래서 별도의 밑 작업이 필요하지 않은 건가?"

카스틸리아의 화염 마법사였던 빌레르트는 자신의 마법을 증폭시키기 위해 주변을 화속성으로 뒤바꾸곤 했다.

알시나의 경우 그녀의 아티팩트들 덕분에 예열 작업이 필요하지 않았던 것이다.

"그걸 눈치채다니 대단한데? 경지가 허울은 아니었네. 아티팩트 가동!"

그녀가 명령하자 아티팩트에 하나씩 불이 들어왔다.

"파괴자의 눈!"

그리고 그녀의 주문이 시작되자.

아티팩트 각각에서 엄청난 열기의 레이저가 발사되며 막 튀어나오기 시작한 골렘들을 전부 갈라 버렸다.

"이걸로 자동 방어 프로세스 3단계까지 끝이야. 이제 마탑의 지정 마법사들이 나올 차례인데 그럴 리는 없으니 이걸로 끝날 테지."

그녀가 의기양양한 표정으로 몸을 돌렸으나.

[비상 상황 감지. 침입자의 수준이 예측을 초과합니다. 보안 시스템을 즉시 최상위 수준으로 강화합니다. 새로운 자동 방어 프로세스를 기동합니다.]

"응?"

그걸로 끝이 아니었다.

"이건…… 내가 아는 거랑 다른데?"

쿵, 쿵!

식은땀을 흘리는 알시나.

예상외의 전개에 당황해서 그런 것도 있겠지만, 이번에 등장한 골렘들이 이전과는 명백하게 다른 기세를 풍기고 있었기 때문이다.

[침입자 배제. 침입자 배제.]

"파괴자의 눈!"

키잉!

이전에 골렘들을 갈라 버린 마법을 시전했지만.

골렘들은 잠깐 멈칫했을 뿐.

레이저는 골렘에 닿자마자 산산이 부서져 오색 빛깔의 빛으로 산란했다.

"이, 이익! 집중 포격!"

아티팩트에서 나온 레이저가 한곳으로 모이더니 하나의 굵은 줄기가 되어 골렘을 강타했다.

눈이 멀어 버릴 듯한 강렬한 빛에 우리 모두 눈을 가렸지만.

[침입자의 공격으로 기동 시스템에 치명적 손상 발생. 전략적 후퇴를 시작합니다. 자가 수리 프로토콜을 시작합니다.]

한 대의 골렘만 파괴되었을 뿐이었고, 그마저도 중추 기관은 멀쩡했다.

나는 당황한 알시나 대신 도망치는 골렘을 박살 냈다.

콰앙!

"항마력이 상당한데? 외골격에 비마법 처리를 한 정도가 아니야. 아예 재질 자체가 마력 전도성이 극단적으로 낮아. 뭐로 만든 거지?"

나조차 약간이나마 부담을 느낄 정도.

그런 기체가 눈에 보이는 숫자만 적어도 수십 기체나 되었다.

심지어 이 녀석들은 무생물이기에 내 환상 마법이 통하지도 않았다.

시공간 계열 마법을 쓰자니, 금속이라 강성이 강해 마력 소모가 상당할 터.

누군가가 나를 저격한 게 아닐지 싶을 정도로 공교로운 상황이었다.

"이이……! 이래도 버티나 보자! 항마력이 높으면 물리적으로 녹여 버리면 돼! 작열하는 대지! 메가 프래셔!"

적어도 알시나는 범인이 아닌 듯 했다.

나를 몰아세울 이유도 없을뿐더러.

자존심에 상처를 입은 듯 마력 소모도 계산하지 않고 계속 마법을 시전하는 걸 보면 말이다.

[상정 외 고압, 고온 현상 발생. 온도 조절 시스템 가동.]

골렘들은 고열로 인해 붉게 달아오른 채로 알시나를 향해 달려왔다.

"루스, 도와줘."

[알겠다.]

루스가 불길을 내뿜으며 좁은 통로를 질주했다.

"나서지 마! 내가 알아서 할 테니까!"

"앞으로 보안 시스템이 얼마나 남았는지 모르니까 낭비를 최소한으로 해야죠."

내 말에 분한 듯 이를 악물며 물러서는 알시나.

"저도 돕겠습니다!"

"가리온, 너는 가만히 있어. 이번엔 내가 알아서 할 테니까."

루스의 화염에 골렘들이 금방이라도 터질 듯 붉게 타올랐다.

하지만 기대와는 달리 약간 버벅거릴 뿐.

녹아내릴 기미는 보이지 않았다.

"아리에스, 이젠 너 차례야."

그 말에 아리에스가 냉기를 내뿜었다.

그러자 답답할 정도로 뜨거웠던 통로가 급격히 차가워지기 시작했다.

"아무리 저 골렘들이 내열성이 강하다지만, 이런 식으로 열 충격을 주면 타격이 크겠지."

알 시나도 모르는 걸 보면 이 골렘은 개발된 지 얼마 되지 않은 게 틀림없었다.

그러니 당연히 이런 열 충격뿐만이 아니라 내장재들의 열팽창 계수들도 신경 썼을 리 만무했다.

빠직!

내 예상대로 골렘들이 움직일 때마다 불안한 소리가 울려 퍼졌다.

그렇지만 골렘들이 고통을 느낄 수 있을 리가 만무했고, 얼마 지나지 않아 문제가 발생했다.

콰직!

[구동부에서 원인을 알 수 없는 손상 발생. 무게 중심 재설정 중.]

골렘의 팔과 다리의 관절이 문제가 생기며 넘어지거나 심지어는 떨어져 나가는 골렘들도 생겨났다.

녀석들은 나름대로 문제를 해결하고 다시 우리를 향해 팔을 휘둘렀지만.

쿠웅!

물리 공격만으로 내게 피해를 주기엔 무리였다.

물론 그게 전부는 아니었다.

프슝! 콰광!

골렘에 내장되어 있던 아티팩트들이 발작하듯 일제히

마법들을 토해 냈다.

하지만 이런 극한의 환경 속에 섬세한 아티팩트들이 제대로 발동할 리가 없었고.

"신의 가호 속에 평안을 누리게 하소서!"

나머지는 아리스의 방벽에 막혀 흩어질 뿐이었다.

그러자 골렘들의 행동 패턴이 변했다.

[침입자의 공격 레벨 상승 감지. 방어 프로세스 초과. 시스템 상승 조정을 통해, 새로운 방어 전략을 가동합니다.]

[주 통행로의 차폐 확인. 자폭 프로토콜 가동.]

"이런, 자폭이라니! 마탑 내부에서 자폭은 금지되었을 텐데……!"

"애초에 알시나 님이 모르는 보안 시스템이 등장한 이상 무슨 일이 벌어져도 이상하지 않죠."

"그렇게 여유롭게 대화할 시간 없어! 빨리 도망쳐야 해. 성녀님의 방어막이 얼마나 강한지는 몰라도 저 정도 골렘의 핵이 폭발한다면……!"

"괜찮아요."

절대명령: 시공간 절단.

저렇게 뭐라도 하라고 시간을 주는데.

막지 못할 리가 없지.

쿠과광!

골렘들의 폭발은 무서울 정도로 엄청났다.

왜 마탑 안에서 자폭이 금지되었는지 알 만한 위력이었다.

연달아 터진다면 마탑조차 무너질 정도로 엄청난 파괴력.

하지만 내가 공간을 나눠 놓았기에 우리 쪽으로는 작은 미풍조차 불지 않았다.

"……이런 장면을 눈앞에서 보다니 비현실적이네."

알시나는 그 장면을 멍하니 쳐다보다가 급히 정신을 차리고 우리를 돌아보았다.

"그보다, 그랜드마스터인 나도 모르는 보안 프로세스라니! 이건 누군가가 꾸민 함정인 게 분명해!"

"혹시 알시나 님이 들었는데 잊어버린 건 아니죠?"

가리온의 말에 잠시 침묵하는 알시나.

그녀는 우리의 시선을 온 몸에 받다가 버럭 소리를 질렀다.

"아니야! ……아닐 거야. 내가 아무리 연구 외엔 신경을 안 쓴다지만 이런 중요 사항을 기억 못할 리가……!"

"……정말요?"

"그, 그럼! 만약 내가 몰랐다고 해도 이 정도의 보안 프로세스가 존재한다면, 나 말고도 다른 마법사들을 추가로 더 보내 줬을 거야!"

믿기 힘든 말투였지만, 내용 자체는 일리가 있었다.

"혹시 알시나 님에게 원한이 있는 마법사의 짓은 아니

겠지요?"

"그럴 리가! 내가 얼마나 바르게 살았는데! 있어도 한두 명, 아니…… 얼마 전에 연구에서 실수한 걸 생각해 보면 네 명? 흐음……."

나는 알시나가 깊은 고민에 빠지기 전에 구해 냈다.

"그래도 알시나 님의 원한 때문은 아닐 거야. 알시나 님 하나를 어떻게 하자고 우리까지 음모에 빠트릴 리가 없으니까."

"그, 그렇지!"

뜻밖에 구원을 받은 알시나의 표정이 밝아졌다.

"아마 알시나 님이 책을 불사른 것도 음모일 거야. 상황이 너무 공교롭잖아. 그때 이상했던 점이 뭐 없을까요?"

"아……! 그러고 보니 실험했을 때 마력 수치가 내가 부여한 것보다 기묘할 정도로 높았어! 내가 잘못 봤나 했는데……!"

그리고 이게 음모라면.

당연히 보안 구역의 통제 코드를 갖고 있던 마법사들이 사고를 당한 것도 음모일 테지.

그렇게 사건의 뿌리를 타고 올라가면…….

"혹시 이번에 위저드 등급에 올랐다던 마법사의 이름이 뭐죠?"

"아마…… 다니엘이었을걸?"

"다니엘?"

"왜, 아는 사람이에요?"

"글쎄……."

어렴풋이 기억나는 이름이었다.

네크로의 인물이라 확신하기엔 흔한 이름.

하지만, 마음 한편에 의심을 불러일으키기엔 충분한 근거였다.

"이제 저쪽에도 폭발의 열기가 가신 것 같으니 슬슬 가보시죠."

가리온의 말대로 건너편은 어느새 짙은 폭연이 사라져 있었다.

우리가 마법을 해체하고 앞으로 나아가려는 찰나.

[침입자의 존재 확인. 자동 방어 프로세스를 재기동합니다.]

이번엔 키메라들이 걸어 나오기 시작했다.

"마탑에서 키메라까지 만드나?"

"그럴 리가."

알시나가 표정을 일그러트렸다.

그렇게 우리가 서적을 되찾았을 때는 10단계의 방어 프로세스를 무력화한 뒤였다.

* * *

"내가 범인을 찾을 때까지 기다리고 있어. 너희 말대로 다니엘을 가장 먼저 의심해 볼 테니. 알겠어?"

알시나는 처음 만났을 때와는 전혀 다른 모습이었다.

로브는 아티팩트임에도 불구하고 곳곳이 찢어졌으며 까맣게 그을렸다.

머리칼도 원래의 색을 알 수 없을 정도로 더럽혀져 있었다.

좁은 실내에서 마법을 난사하다 보니, 그녀의 속성상 저런 모습이 되는 건 불가피했을 것이다.

"내가 공들여 만든 아티팩트들이······."

그 덕분에 그녀는 머리끝까지 화가 나 있었다.

그녀는 우리를 돕기 위한 사용인들 몇 명을 붙여 주고 바로 자리를 떠났다.

아마 다른 마법사들에게 한바탕 뭐라도 할 생각인 듯했다.

"이제 이 서적들을 읽어 보면 되나요?"

"너흰 읽어 봐도 모를걸? 마법에 대한 이해가 있어야 하니."

이 많은 서적을 다 읽자니 머리가 아득해졌지만, 별다른 수가 없었다.

"그럼 우리는 뭘 하죠?"

"너희는 따로 해야 할 일이 있어."

둘은 내 얘기를 듣고 일제히 표정을 찡그렸다.

"알시나 님이 가만히 있으라고 했는데 괜찮을까요?"

"어차피 그쪽은 이미 손을 써 뒀을 거야."
"하지만 이 방법은……."
"나를 믿어 봐. 어쨌든 간단한 방법이 제일 효율적인 방법이니까."
나는 그 말을 끝으로 책에 얼굴을 파묻었다.

* * *

다니엘은 선택받은 삶을 살아왔다.
고아 출신으로 네크로에게 팔려 왔지만, 네크로는 빛나는 재능을 가졌던 다니엘을 바로 알아보았다.
마법을 배운 지 10년도 안 되어 5서클에 입문.
평범한 인간의 몸으로 수많은 마인들을 제쳤다.
그로도 모자라 칠죄종께 선택까지 받아 금단의 지식들을 부여받았으니.
마탑의 위저드 등급도 그에게는 그저 수많은 업적 중 하나에 불과했다.
"뭐? 알시나가 통제 구역의 자동 방어 프로세스를 통과했다고?"
"네, 방금 돌아와 회의를 소집했다고 합니다. 다니엘 님도 가 보셔야 할 것 같습니다."
그러니 이 정도의 고난쯤은 또 다른 업적을 위한 밑거름일 뿐이었다.

한편. 그에게 보고하는 마법사는 그들이 한 일이 걸릴까 잔뜩 겁에 질려 있었다.

정작 다니엘은 다른 곳에 짜증이 나 있었지만.

"쯧. 고작 그랜드마스터의 말단 주제에 회의를 소집하다니."

"다니엘 님은 걱정되지 않으십니까?"

그 말에 다니엘은 표정을 찡그렸다.

"걱정? 무슨 걱정. 자동 방어 프로세스야 개선한다는 제안서는 이미 올렸었어. 아직 완료되지 않아서 보고서 작성이 늦어졌다고 하면 돼."

"하지만 그 방어 프로세스에 키메라도 있지 않습니까? 그건 마탑에서도 금지된 연구일 텐데……."

"그거야 이차원의 존재를 연구하던 중 흘러든 개체인데 방어 프로세스를 완료하기 전에 임시로 넣어 뒀을 뿐이라고 하면 되지."

이 정도만 변명해도 나머지는 그를 자신의 학파로 영입하려는 마법사들이 알아서 감싸 줄 것이다.

자신만큼 빛나는 재능을 가진 마법사를 고작 그런 의심만으로 내칠 리가 없을 테니.

"그리고 내쳐진다고 해도 나쁠 것 없지. 마탑에서 자유로워지면 용사를 처치하러 갈 시간이 생기지 않나."

"하지만…… 용사는 최근 사미엘 님마저 해치웠다고 하는데……."

"그래 봐야 탐욕 하나에 다 같이 모여 겨우겨우 이겼을 터. 탐욕과는 달리 우리는 여러 명이다. 그렇게 어설픈 마음가짐으로 덤벼 오면 오히려 고맙지."

다니엘은 자꾸 말대답하는 마법사에게 짜증이 났지만, 참고 대답해 주었다.

이 녀석은 다니엘과 다르게 평범한 범인에 불과하니까 자신이 이끌어 줄 수밖에 없는 것이다.

"으음……."

"쯧, 아무튼 걱정 마라. 애당초 우리가 마탑으로부터 의심받을 리가 없으니."

그가 그렇게 단언했을 때였다.

덜컥!

"으악!"

거침없이 열린 문에 그 앞에 부복하고 있던 마법사가 부딪혀 꼴사납게 내팽개쳐졌다.

하지만 새로 들어온 마법사는 넘어진 마법사에게 시선조차 주지 않았다.

그는 숨을 몰아쉬며 창백한 얼굴로 소리쳤다.

"다니엘 님, 큰일 났습니다!"

"무슨 일이냐? 알시나가 헛짓거리라도 했나 보지?"

"헉, 헉…… 그게 아닙니다!"

마법사는 침을 꿀꺽 삼키고는 이어서 말했다.

"다니엘 님이…… 이단으로 선포되셨습니다!"

다니엘은 혀를 내둘렀다.

마탑의 심부에 다녀온 지 하루도 안 돼서 이런 반응이라니.

다른 곳이라면 성녀의 의견이 전달되는 데만 하더라도 며칠이 걸렸겠지만.

여긴 거리의 장벽이 없다시피 한 마탑이다 보니 이런 일이 벌어진 모양이었다.

"머리를 잘 썼어. 이단 지정을 받은 이상 공론화시키기엔 쉽겠지. 그렇지만, 거기까지야."

다니엘은 여유를 잃지 않았다.

본래 마법사란 호기심이 너무 많아 성국에서 정한 금기를 쉽게 범하곤 했다.

살짝 과장을 보태면 마법사들에게 이단이라 지정 받는 것은 통과 의례 정도라고 볼 수 있었다.

그리고, 막상 이단 지정을 당한다고 하더라도 그들에겐 큰 문제가 되지 않았다.

마법사들의 뒷배로 마탑이라는 거대한 세력이 있기 때문.

실제로 그랜드마스터 중에서도 이단 지정을 받은 마법사들이 있을 정도였으니 말을 다 한 셈이었다.

하지만.

그것도 정도가 있었다.

"1급도 아니고 특급? 내가 제대로 들은 것 맞나?"

"예…… 마탑에도 공문이 올라갔다고 합니다. 덕분에

알시나가 개최한 회의도 흐지부지되어 버렸다고…….”
"미친놈들! 만약 내가 범인이 아니면 어쩌려고!"

* * *

"그럼 취소하면 돼. 괜히 늦장 부렸다가 녀석들의 음모에 또 당하느니 억울하더라도 피해자 하나 생기는 편이 더 효율적이잖아?"
내 대답에 질문했던 가리온의 표정이 차게 식었다.
"농담이야, 농담. 어차피 잡아다가 내 마법 한 방이면 부작용 없이 과거를 캐낼 수 있으니 상관없잖아? 아니라면 보상해 주면 그만이지."
"그 사람이 저항하면 어쩌려고요?"
"너, 5서클 마법사가 죽자고 달려들면 무서워?"
가리온이 잠시 고민하는 듯하더니 고개를 살짝 내저었다.
지금 가리온의 실력으로 보았을 때.
보통의 5서클 마법사라면, 가리온이 팔다리 중 아무거나 두 개를 묶고 싸워도 승산이 있을 정도였다.
하물며 내가 5서클일 때에도 목숨을 걸어야 겨우 상대가 가능할 정도.
"다니엘의 알려진 경지가 5서클이야. 우리 중 누구와 싸워도 안전하게 제압이 가능하지. 우리에게 필요했던 건 성국의 지원군이 아니라 녀석을 제압해도 될 적당한 명분이었으니까."

"하지만 그 다니엘이란 사람의 경지가 알려진 것보다 높으면 어떻게 하죠? 그리고 제가 네크로라면 여기에 그 사람 한 명만 잠입시키진 않았을 텐데."

"경지를 숨겼다는 건 그만큼 찔리는 게 있다는 소리니까 상관없지. 그리고 숫자라면 우리도 많잖아?"

익스퍼트 상급, 7서클 이상의 실력을 갖추고 있는 세 사람과 세 신수.

이 정도라면 소국 하나 정도는 상대할 수 있는 전력이었다.

"게다가…… 우리뿐만이 아니잖아? 도와주실 거죠?"

나는 방구석으로 시선을 돌렸다.

모두의 얼굴에 의문이 떠올랐을 때.

"허허, 들켰구먼. 엿들을 생각은 없었다네."

방구석에서 노인 한 명이 걸어 나왔다.

노인의 모습을 보고 아리스와 가리온이 숨이 넘어갈 듯 외쳤다.

"카르데스 마탑주님!?"

"다니엘의 건에 관해 물으러 왔는데, 마침 그 얘기를 하고 있기에 무심코 엿듣고 말았네. 내 사과하지."

"뭐 이미 들어 버리신 이상 어쩔 수 없죠."

카르데스는 허허 웃으며 말했다.

"그래서 내게 바라는 게 뭔가? 안타깝게도 내가 도와줄 수 있는 건 거의 없네. 대부분의 실권을 그랜드마스터들에게 이양했으니."

"아, 별 건 아니에요."

나는 내 옆에 쌓여 있는 서책들을 가리켰다.

"저것 좀 정리해 주세요."

* * *

우리가 행동을 너무 빠르게 해서인지.

다니엘과 그 무리는 얼마 도망치지도 못한 채 우리와 맞닥트렸다.

"네가 자동 방어 프로세스를 건드린 범인이냐?"

"당신이 바로 용사군요. 듣던 것과 다르게 평범하네요."

다니엘은 도망치다가 잡혔는데도 꽤 여유를 부리고 있었다.

"왜? 네크로에선 내가 머리가 세 개고 팔이 여섯 개라고 하디?"

"네크로라뇨. 저흰 그런 집단하고 관련이 없습니다만."

"그런데 왜 도망을 치는 거지?"

녀석은 여유로운 미소를 지어 보이며 말했다.

"저희를 이단으로 지정하셨으니, 오해가 풀리기 전까지 잠시 몸을 피해 있으려고 했습니다. 아시다시피 이단 심문은 여러 문제가 있지 않습니까?"

"그래서 내가 손수 직접 진행할 거야. 안심하고 항복하는 게 어때? 반항하지 않으면 부드럽게 대해 준다고 약속하지."

"마법사보고 성직자를 믿으라니요? 그런 독선적인 비논리 자들을 믿을 수 있을 것 같습니까?"

역시나 거절하는 다니엘.

나는 어깨를 으쓱였다.

"나는 성직자가 아니라 마법사인데. 뭐, 거절하겠다면 어쩔 수 없지."

그 말과 동시에 다니엘과 그 무리가 단체로 마력을 끌어올렸다.

이들의 경지는 마탑의 마법사들답게 대부분 5서클 이상이라 마력을 끌어올리는 것만으로도 주변의 마력 밀도가 짙어질 정도였다.

하지만 나는 그 와중에도 별다른 대처를 하지 않았다.

"당신의 허황된 이야기는 많이 들었습니다. 그렇지만, 그게 사실일지라도 저희 전부를 상대하긴 힘드실 겁니다."

내가 마법을 시전하지 못하게 수많은 마법 쐐기를 띄우고 마법을 시전하는 마법사들.

동시에 가리온과 아리스를 경계하며 방어 마법까지 시전했다.

책상물림만 하던 놈들인 줄 알았는데.

나름 손발이 잘 맞네?

"가만히 계시다니 저희 마법을 보더니 싸울 의지를 잃으신 겁니까?"

"아니, 얼마나 재롱을 부리나 구경하려고."

"오만하시군요."

다니엘은 표정을 찡그리며 양손을 치켜들었다.

그러자 주변의 마법사들이 이에 호응하여 마력을 집중시킨다.

순식간에 생겨난 거대한 화염.

"호오, 5서클로 알고 있었는데 6서클 마법을 시전하다니. 경지를 숨긴 거야?"

"경지를 넘어서는 마법을 시전할 수 있는 게 당신뿐이라 생각하셨습니까?"

"아니. 그건 방법만 알면 누구든 도전할 수 있는 쉬운 방법이거든. 그래도 너희처럼 연산을 분해해 각자 따로 주문을 짜올 리는 방식은 나름 새로운데?"

내 말에 다니엘의 표정이 굳어졌다.

보자마자 어떤 식으로 마법을 시전했는지 알아맞힌 것 때문인 듯했다.

"……어떻게 아신 겁니까?"

"각자가 보내는 마력 속에 숨겨져 있는 구조를 보고 알았지."

"거짓말하지 마십시오. 그 짧은 시간에 모든 마법사들이 내뿜는 마력을 분석했다고요?"

다니엘은 마법을 완성하는 것도 잊은 채 따져왔다.

하지만 내게는 숨 쉬듯 당연한 일이었다.

이미 정답을 알고 있으니, 그로부터 역산하는 건 어려운 일이 아니니까.

"못 믿겠으면 보여 줄까?"

나는 순식간에 녀석과 동일한 마법을 짜 올렸다.

내가 마법을 준비하는 순간.

마법사들이 일제히 나를 향해 마법 쐐기를 날렸지만.

내가 시전한 마법은 처음부터 끝까지 완벽하게 짜 올렸기 때문에 마법 쐐기가 박힐 틈이 없었다.

"으윽, 버닝 플레어!"

조급해진 녀석이 급히 마법을 완성하려 했지만.

내가 더 빨랐다.

아무리 녀석들이 나누어 연산한다지만, 그들이 보낸 구조를 다니엘이 한 번 더 해석해야 했기 때문에 시전 속도에 한계가 있었기 때문이다.

콰앙!

그리고.

마법사들의 연산에 오차가 있었는지 파괴력또한 내 마법이 한 수 위였다.

녀석의 버닝 플레어를 뚫고 날아가는 잔재들을 막기 위해 마법사들이 방어 마법을 시전했다.

"으윽……!"

마법을 막는 데는 성공했지만 급하게 시전한 터라 써클이 흔들렸는지 몇 명의 마법사들이 신음을 토하며 물러났다.

그리고 이렇게 생긴 빈틈으로 신수들과 가리온이 짓쳐 들어갔다.

"마, 막아!"

남은 마법사들이 자잘한 마법을 시전해 보지만.

내가 그사이 시전해 둔 마법 쐐기들이 날아가 마법이 완성도 되기 전에 격추했다.

서걱!

"크아아악!"

전열이 흔들린 마법사들의 틈으로 신수들과 가리온이 들어간 순간.

전투의 결과가 정해졌다.

아비규환의 현장에서 마법사들이 할 수 있는 건 거의 없었다.

"시, 실드!"

몇몇 마법사는 방어 마법을 펼쳤지만.

쨍그랑!

종이처럼 찢어졌으며.

"플라이!"

도망치는 마법사들은 신수들의 능력과 발톱에 난자당했고.

"파이어 볼!"

그나마 대항하는 마법사들이 오래 버티는 듯했지만.

애초에 경지 차이가 심했기 때문에 시간 벌이도 얼마 되지 않았다.

"이, 이럴 리 없어……! 익스플로젼! 저지먼트! 윈드 스피어!"

다니엘이 당황하며 이들을 향해 마법을 마구 난사했다.

하지만 녀석의 마법이 채 닿기도 전.

내가 시전한 똑같은 마법에 격추당해 사라졌다.

"너는 나를 상대해야지. 어딜 보는 거야?"

"너…… 너……!"

결국 혼란스러워하는 얼굴로 소리 지르는 다니엘.

"너 따위가 나보다 뛰어날 리 없어! 무슨 사기를 친 거냐!"

"응? 갑자기 무슨 헛소리야?"

"그래, 넌 사기 친 게 분명해! 나보다 더 빛나는 사람이 있을 리가 없다고! 난 선택받았어!"

"이거, 자의식 과잉이구만."

나는 녀석을 향해 걸어갔다.

"고작 그 정도 재능으로 그런 자만심을 갖고 있었던 거야?"

"그 정도 재능……!"

녀석은 화가 나 말이 막힌 듯 버벅거렸다.

"세상엔 나보다 천재도 많아. 그런데 너 정도가? 천재?

선택받았다고? 웃기고 있네."

"으으…… 난 선택받았다고……."

나는 멘붕에 빠진 녀석을 마무리 짓기 위해 마법을 시전했다.

그런데, 그때였다.

"크아아악!"

갑자기 비명을 지르는 다니엘.

나는 녀석이 인지 부조화에 미쳐 버린 게 아닌가 싶었다.

그런데 녀석이 비명을 지를수록 녀석에게 마기가 뿜어져 나오기 시작했다.

"갑자기 뭐지?"

지금까지 녀석에게선 어떤 마기도 느껴지지 않았다.

그런데 갑자기 지금 와서 마기가 느껴지다니.

설마 내가 모르는 새에 세계수의 씨앗이라도 집어 먹었나 하는 생각까지 들 정도였다.

그러나 그렇게 생각하기에는 녀석에게서 뿜어져 나오는 마기의 밀도가 마인의 정도는 훌쩍 넘어서고 있었다.

나조차 경계할 정도로.

"이거 녀석을 잡아 정보를 캐내려고 했는데 무리인데?"

나는 녀석이 정신을 차리기 전에 마법을 날렸다.

콰앙!

그렇지만.

"네가 그 말로만 듣던 용사로구나."

폭발의 연기 속에서 처음 듣는 목소리가 들려왔다.

다시 나타난 녀석은 조금 전까지의 모습은 온데간데 없이 전혀 다른 모습이었다.

얼굴에 핏줄이 잔뜩 곤두서 있고 입은 찢어질 듯 벌어져 있었다.

"뭐냐? 무슨 짓을 한 거야? 너 다니엘 맞아?"

"그런 하찮은 이름으로 나를 부르지 마라."

"그럼, 뭐라고 불러 줄까? 나르시시스트? 중이병 환자?"

내 도발에도 녀석의 표정은 변하지 않았다.

오히려 재미있다는 듯 입꼬리를 치켜올렸다.

"내 이름은 루시퍼. 하늘에서 떨어진 샛별이다."

"이거 중증이구만."

나는 녀석을 비웃었다.

하지만 속으로는 깜짝 놀랐다.

마족공의 이름과 동일했기 때문이었다.

하지만 마족공이 소환되었다는 정보는 들은 적이 없는데.

그렇다면 혹시⋯⋯.

"너, 칠죄종이냐?"

"그래. 나는 교만의 칠죄종이다."

7장

7장

　최초의 생명이자 최초의 마족, 루시퍼는 태초에 신의 영광된 옆자리를 약속받았다.
　그는 신을 대신하여 세상을 지배하였고.
　신의 의지를 세상에 알려 주었다.
　하지만.
　시간이 흐를수록 루시퍼는 자신의 역할을 잊고 신으로부터 부여받은 힘이 본래 자신의 것인양 굴기 시작했고.
　결국 타락해 최초의 마족이 되었다.
　심지어 마왕보다 먼저 마족이 된 그는.
　마왕에 버금가는 힘을 갖고 있다고 여겨진다.
　그의 인자로 태어난 것이 교만의 칠죄종, 루시퍼.
　녀석이 교만의 칠죄종인 이유는 그 이름에서도 찾을 수

있었다.

 마족공의 인자를 이어받은 것에 불과한데, 마족공의 이름을 그대로 가져다 쓴다는 것이 무슨 의미겠는가.

 자신이 그 마족공과 동등한 존재거나 그를 이어받은 존재라고 스스로 내세우는 것이다.

 전생에서 녀석과의 만남은 그다지 인상적이진 않았다.

 녀석은 고작 수많은 마물 중 네임드 마물에 불과했으니.

 하지만 녀석이 보여 주었던 능력들은 내 기억에 똑똑히 남아 있었다.

 마물이 가졌다기엔 너무나도 격외의 능력.

 "너희들이 갖고 있는 모든 권리를 박탈한다."

 루시퍼가 우리를 가리키며 명령했다.

 그러자 세상의 모든 것이 우리를 적대했다.

 빛이 우리를 거부하여 눈앞이 보이지 않고, 대기가 우리를 거부하여 호흡이 불가능해 졌다.

 심지어는 우리의 육체마저 통제를 벗어나 스스로의 목을 조르려 했으며, 심장은 뛰는 것을 멈추려 했다.

 이것이 녀석이 마족공의 인자로부터 부여받은 능력인 만물의 지배이다.

 말로만 들으면 무척 사기적인 능력이지만 그 한계는 명확하다.

 "싫으면 어쩔 건데?"

이 자리에 있는 자들은 전부 한 분야의 경지에 오른 강자들.

자신의 육체가 엇나가려는 것을 각자의 능력으로 바로잡았다.

신수들은 애초에 생명체라기보단 자연에 가까운 존재.

루시퍼의 명령의 대상이 되지 않았고.

아리스는 곧 장막을 펼쳐 우리를 보호했다.

"성역 선포!"

그리고 루시퍼의 명령에 성역을 덧씌워 녀석의 지배권을 박탈했다.

그사이 나는 마력을 움직여 심장을 뛰게 하고 가리온은 검술을 전개하여 일어나는 마력의 흐름으로 자신의 몸을 보호했다.

하지만 녀석의 능력은 내 기억보다 강했다.

전생에는 실험에 실패하고 마물로 영락했지만 이번에는 칠죄종으로 성공적으로 각성했기에.

"저항을 포기하고 죽음을 맞이해라."

녀석은 우리의 반항에도 또다시 명령했다.

명령이 중첩되자 성역이 움츠러들고 온몸이 나른해지며 뛰고 있던 심장이 마치 돌처럼 굳어 버린 듯 마력을 흘려 넣어도 움직이지 않았다.

차갑게 식은 내 이성이 닻이 되어 저승으로 향하는 몸을 강제로 멈춰 세웠지만.

"너희가 내 명령에 따르는 것은 당연한 일이다."
"저항하지 말지어다."
"판단하지 말고 생각하지 마라."
수많은 주박들이 우리의 몸에 켜켜이 쌓여갔다.
저항을 하려 해도 주변의 마력들이 내 의지를 따르지 않았다.
그나마 본신의 마력으로 마법을 시전했지만.
피시식……
녀석의 근처로 가자 바로 사라져 버렸다.
고서클의 마법일수록 녀석에게 조금 더 가까이 접근할 수 있었지만 그래 봐야 녀석의 발치조차 이르지 못했다.
신수들의 능력도 매한가지였다.
마법보단 나았다지만, 별다른 힘을 발휘하지 못했다.
그나마 녀석들이 루시퍼의 명령에 따르지 않는 게 다행이려나.
"제길, 검이 너무 무거워……."
가리온도 자세를 유지하는 것이 한계처럼 보였다.
유일하게 영향을 받지 않는 것은 아리스뿐.
그조차도 성역의 힘이 약화되며 점점 루시퍼의 능력에 침식되어 갔다.
이대로라면 저항도 못하고 그대로 당해 버릴 상황이었지만, 방법이 아예 없는 건 아니었다.
"절대명령 : 공간 단절!"

마족공일지라도 만물을 지배할 수 있는 능력은 거리의 한계가 있을 터.

마족공의 열화판에 불과한 녀석이 마족공의 능력보다 뛰어날 리가 만무했다.

그러니 녀석과 공간을 단절시킨다면, 녀석의 지배권으로부터 벗어날 수 있을 것이다.

"나약한 놈들이 같잖은 수작을 벌이는구나."

내 예상은 맞아떨어졌다.

우리에게 가해졌던 모든 제약이 풀렸다.

나는 지금까지 나에게 주어진 당연했던 권리들이 소중하다는 걸 깨달음과 동시에 루시퍼에 대한 분노가 더욱 치솟았다.

"흑암의 관!"

쿠궁!

녀석을 중심으로 검은색 비석들이 솟구쳤다.

루시퍼는 평소처럼 여기에 힘을 쏟아 봤지만.

"으음?"

흑암의 관의 비석들은 악의 씨앗을 먹은 오크 워로드가 온 힘으로 날뛰어도 단번에 부술 수 없을 정도로 외부에 대한 저항력이 뛰어났다.

아무리 루시퍼라 한들 본신이 아닌 이상 쉽게 부술 수 없으리라.

카가각!

역시 루시퍼가 작정하고 힘을 쏟아부었지만.

비석들은 비명을 토하며 돌가루를 뿜어낼 뿐 쉽게 부서지지 않았다.

쿵!

그리고 녀석이 방심한 사이 덮여 버린 뚜껑.

"헉헉, 이제 끝난 건가요?"

"잠시 봉인해 뒀을 뿐이야. 녀석의 힘이라면 잠깐 버티는 게 고작이겠지."

"그럼 어떻게 해야 하죠?"

나는 전생에 마물이었던 루시퍼를 처치한 방법을 떠올렸다.

그때는 아마 시온이 각성해서 겨우 물리쳤을 텐데…….

다른 방법을 떠올려야만 했다.

"아하! 그런 방법이 있었지."

좋은 방법이 떠올랐다.

전생과 이번 생의 루시퍼의 차이점.

그것이 이번 싸움의 해답이 될 수 있을 것이다.

"아리스, 성역을 좀 더 지속할 수 있지?"

"얼마 못 버텨요. 한 5분?"

"그 정도면 충분해."

"저희는요?"

"가리온하고 신수들은 전투를 준비하고 아리스가 성역을 지속하는 동안 녀석을 막아 줘."

나는 주변에 마법진을 설치하며 마법을 시전했다.

굳이 마법진을 설치할 정도로 복잡한 마법은 아니었지만, 더욱 더 확실하게 하기 위해서였다.

쿠드드드!

그리고 마법진의 설치가 끝날 무렵 땅이 진동했다.

아마 흑암의 관을 뿌리째 뽑아 버리려는 생각인 듯했다.

하지만 흑암의 관의 각 비석의 무게는 몇십 톤에 육박한다.

녀석이라도 쉽게 뽑을 수 있을 리가…….

콰르르르-!

"있네?"

흑암의 관이 통째로 들리고 그 아래로 녀석의 모습이 서서히 보이기 시작했다.

녀석은 거대한 힘을 다뤘는데도 전혀 피로한 기색이 보이지 않았다.

그리고 자신만만한 미소를 띠우며 이쪽을 응시했다.

"……."

"메가 익스플로젼!"

녀석이 뭐라 입을 움직이려고 했지만, 나는 기다리지 않고 마법을 시전했다.

쿠과아아앙!

태초에 빛이 있었다.

그런 성경의 문구가 생각날 정도로 거대한 폭발이 일어났다.

엄청난 열과 빛이 사방을 가득 채웠으며 대기가 요동치고 흙먼지가 폭풍을 타고 올라와 커다란 버섯구름을 만들었다.

그뿐만 아니라 폭발로 인한 폭풍이 우리를 덮쳐 아리에스의 얼음벽이 아니었으면 휘말려 피해를 입었을 정도였다.

"콜록, 콜록…… 엄청나네요. 이런 폭발이면 녀석도 큰 타격을 입을 것 같아요."

가리온은 흙먼지에 기침을 하면서도 혀를 내둘렀다.

하지만 나는 바로 고개를 저었다.

"그럴 리 없어. 이건 폭발의 위력만 키웠을 뿐 힘을 전혀 집중시키지 않았어. 아무런 타격도 없을 거야."

"그런데 왜……."

"이야기 할 시간 없어. 녀석이 보이자마자 싸울 준비나 해."

나는 가리온의 입을 막아 버리고 수인을 짜 올렸다.

절대명령: 공간 단절.

절대명령: 공간 단절.

절대명령: 공간 단절.

내가 원하는 것은 이 공간 자체를 잠깐동안 세상으로부터 괴리시키는 것.

그러기 위해서는 조금의 빈틈도 없이 시공간을 조형해야 했다.

동시에 세 번의 8클래스 마법을 시전하자 머리가 깨질 듯 아팠지만 지금 대책은 이것밖에 없었다.

"……!"

"받아라! 비기 세븐 스타!"

녀석이 말을 하려는 듯 조금의 빈틈을 보이자마자 놓치지 않고 가리온과 신수들이 뛰어 들어갔다.

물론 녀석에게 말할 시간을 줬어도 말을 하지는 못했을 것이다.

녀석의 음성을 전달할 어떤 매질도 없으니까.

"네가 아무리 강하더라도 네가 깃들어 있는 육체가 버티지 못하는데 별수 있겠어?"

내가 녀석의 주변에 폭발을 일으킨 이유는.

폭발로 인해 주변의 모든 대기를 불태우고 흩어버려 진공으로 만들어 버리기 위해서였다.

"……!"

녀석이 뒤늦게 이상을 알아채고 뭐라 명령을 내리려 했지만 목소리가 나오지 않아 언령이 작동하지 않았다.

전생이야 마물인 탓에 산소 따위 상관없었지만 지금 녀석이 깃든 것은 평범한 인간.

인간이 산소 없이 버틸 수 있는 시간은 고작 3분.

움직임이 격할수록 그 시간은 급격히 줄어든다.

아무리 녀석이라도 그 짧은 시간 안에 가리온과 신수들을 해치울 수 있을까?

그때였다.

[대기여 돌아와라!]

명확한 뜻마저 전달될 정도의 강력한 의념이 울려 퍼졌다.

녀석도 자신의 단점을 인지하고 나름대로 준비한 모양이었다.

하지만.

"그 정도도 내가 계산 못 했을 거 같아?"

흩어진 대기가 다시 채워지는 걸 막기 위해서는 결계만 세우면 그만.

그럼에도 거창하게 공간까지 괴리한 이유가 바로 이것 때문이었다.

녀석이 아무리 명령을 해 봐야 녀석의 영향력이 바깥까지 닿을 리가 만무했다.

[내 명령을 들어라!]

[제기랄, 산소를……!]

녀석의 명령에 점점 간절함이 묻어나기 시작했지만 대기는 한점 미동도 없었다.

[제길, 방해하지 마라!]

녀석이 할 수 있는 건 가리온과 신수들에게 명령을 내리는 것뿐.

그마저도 아리스의 성역에 막혀 강제력이 약했다.

물론 그래봐야 버틸 수 있는 건 잠깐이지만, 그 잠깐만으로도 녀석에겐 치명적이었다.

"……!"

녀석이 목을 틀어쥐고 손을 휘둘렀다.

그러자 어둠의 칼날이 수 미터 돋아나며 대지를 할퀴었다.

녀석도 이제는 여유를 부리고 말고 할 상황이 아니었다.

그럴수록 오히려 여유가 생기는 건 가리온이었다.

"검사한테 육탄전을 벌일 생각을 하다니 뇌에 산소가 부족해지긴 했나 봐?"

명령으로 능력을 제한할 때보다 쉬운 상황.

녀석은 그렇게 점점 궁지에 몰려갔다.

그리고 결국은 백기를 들 수밖에 없었다.

[네놈들! 이번에는 비겁한 수로 이겼을지도 모르지만, 다음 기회는 없을 것이다!]

녀석이 악당이 할법한 1번 대사를 내뱉자.

갑자기 어두운 연기가 녀석의 몸에서 치솟아 올랐다.

가리온이 급히 검을 휘둘렀지만 아쉽게 스쳤다.

[크악! 네놈……! 내게 상처를 입히다니……!]

녀석은 이를 뿌드득 갈면서도 도망치기 위해 하늘로 솟아올랐다.

잠깐, 그런데…….

"도망 못 갈 텐데……?"

현재 이 공간은 내 마법으로 인해 괴리가 되어 있는 상황.

아무리 녀석이 영체라고 하더라도 물리적으로 괴리되어 있는 공간을 통과할 수는 없을 것이다.

그리고 내 예상처럼 얼마 지나지 않아.

쿠웅!

[무, 무슨 짓을 한 거냐!]

녀석이 땅으로 떨어져 내려왔다.

[설마 이것도 네놈이 노린 거냐……!?]

"그, 그건 아닌데?"

어쩌다 보니 칠죄종 1인자의 영체를 잡고 말았다.

물론 이게 녀석의 전부는 아닐 테지만 이 정도의 양이라면 녀석도 크게 약화될 것이다.

거기에 이 일로 녀석이 약점을 깨닫고 성장할 기회가 사라진 것도 엄청난 성과였다.

그리고 가장 중요한 점은.

"이리와…… 널 가지고 해 볼 게 있어."

"네자르 님, 변태 같아요……."

칠죄종의 영혼을 연구할 기회가 생겼다는 것이다.

루시퍼의 영체를 관찰할 시간은 많지 않았다.

본체와의 연결이 끊긴 순간 근원을 잃은 영체가 시시각각 사라져 가고 있었기 때문이었는데.

그래서 내가 가장 먼저 한 것은 바로 마탑주 카르데스

를 닦달하는 것이었다.

"마탑주 님. 서적의 정리는 어떻게 되어 가고 있나요?"

"네자르 군, 잘 왔네. 마침 방금 전 흥미로운 내용을 찾았네. 바로 마족의 영혼과 인간의 영혼이 본질이 다르다는 걸세. 마족의 영혼은 가장 안정적인 정육각형을 이루고 있는 반면, 인간의 영혼은 불안정하지만 가장……."

"그 이후는 정리된 자료를 주시면 제가 직접 찾아보도록 하겠습니다."

나는 단호하게 말하며 카르데스의 곁에 있는 정리된 자료를 반쯤 뺏어 들었다.

그러자 한껏 흥이 올라 있던 마탑주의 얼굴이 살짝 시무룩해 보이는 건 착각일까.

나는 애처로운 그의 눈길을 외면하며 자료에 집중했다.

'역시 아무리 마탑이라고 하더라도 마족의 영혼과 인간의 영혼을 융합하려는 시도는 없었군.'

그러다 보니 영혼의 대한 연구 자료 자체는 방대했지만, 이를 매개로 유의미한 결과를 만들기엔 시간이 부족했다.

내가 고심하고 있을 때.

뒷짐을 진 채 옆에서 상황을 지켜보던 가리온이 툭 말을 꺼냈다.

"그런데, 시간이 그렇게 부족하다면 논문을 찾을 시간에 논문을 쓴 당사자를 찾아가는 게 좋지 않을까요?"

"그게 되면 진작 했지. 마탑으로 오기 전부터 말했다시피 영혼에 대한 연구가 금지된 지가 워낙 오래전이야. 지금까지 살아 있는 마법사들이 있을 리 없어."

"아아……."

가리온이 안타까워하면서 물러나려 하는데, 카르데스가 갑자기 손뼉을 쳤다.

"아, 그런 이가 있었군! 네자르 군, 영혼을 전문적으로 연구했던 마법사 중에 아직 살아 있는 자가 있네."

"네? 영혼에 대한 연구가 금지된 건 벌써 오래전 아닌가요?"

몰래 연구한 게 아니라면 연구가 가능했을 리가…….

"혹시 금기를 어긴 마법사들을 말씀하시는 건 아니겠죠?"

"아닐세, 아니야. 그런 사람이 아닐세."

카르데스는 내 말을 부정하더니, 곧 흡족한 미소를 띠며 말했다.

"아니, 사람 자체가 아니지. 그는 엘프라네."

* * *

엘프들은 태생적으로 마력에 친화적이지만, 마법을 익힌 엘프들은 많지 않았다.

왜냐하면 그들은 자연을 사랑했기에.

마력의 자연적인 흐름을 비트는 행위를 싫어했기 때문

이었다.

물론 예전에 만났던 이리나 같은 예외도 존재했지만.

카르데스가 말한 엘프 마법사는 더욱 이질적이었다.

"그는 인간 사이에서 엘프로 태어났다네. 그 경우엔 보통 불행한 삶을 살았겠지만, 다행히 그는 작은 마을에서 인간들과 어울려 지내며 수백 년을 살았다고 하네."

"운이 좋았네요."

"그렇게 시간이 흐를수록 그는 인간들을 사랑하게 되었고, 결국 인간이 되기를 소망했지."

"그래서 인간의 영혼을 연구하기 시작했다는 겁니까?"

"그렇다네. 자신의 영혼을 인간으로 바꾸기 위해서 연구를 하던 그는, 영혼의 연구가 금지된 후 마탑을 홀연히 떠났다네. 그라면 아직도 살아 있을 게 분명해."

"그렇다면 그는 어디에 있죠?"

카르데스는 고개를 저었다.

"그에게서 마지막으로 연락이 온 게 내가 마탑주가 되기도 전일세."

"그러면 지금은 어디에 있는지 모르겠네요?"

"아마 마지막으로 편지를 보낸 그 마을에 있을걸세. 그 마을에 정착한 이후로는 떠난 적이 없었거든."

"음? 그 엘프가 주변에 정체를 밝혔나요? 그렇지 않고서는 한 곳에 머물기 쉽지 않을텐데."

보통 이종족들은 대부분 주변에 자신의 정체를 숨기곤

했다.

그러다 보니 자연스럽게 한 곳에 정착하는 일이 드물었는데, 이는 시간이 흘러도 변하지 않는 외형에 의심을 살 수밖에 없었기 때문이다.

"과연, 그렇게 생각하니 나도 의문이 생기는군."

결국 직접 찾아가 보는 수밖에 없다는 건가.

"아, 근데 그래서 그 엘프의 이름이 뭐죠?"

"칼베인, 영혼의 조형가 칼베인일세."

　　　　　＊　＊　＊

출발하기 전.

루시퍼의 봉인을 안정화시키는 작업이 필요했다.

내가 임시로 절대명령을 걸어 뒀지만, 이게 언제까지고 지속될 리는 없었다.

쿠구궁!

"공간을 넘어서까지 이 정도의 진동이 전달되다니. 안쪽은 아마 지옥일 겁니다."

지금처럼 난동을 부리고 있다면 더더욱 빨리 부서지겠지.

"괜찮아요. 이걸 걸어 놓으면 우리가 갔다 올 동안은 안전할 테니."

나는 봉인을 지키는 마법사들을 안심시킨 다음, 마법을 시전했다.

내가 결계의 개념을 깨달은 뒤 처음으로 시전하는 마법이었다.

"잠깐 모두 눈을 감아 보세요."

절대명령: 시공간 절개.

서걱!

내 마법에 공간이 잘려 나가며 그 공간에 대신 시공간의 틈이 모습을 드러냈다.

'절대명령: 공간 단절'이 자그마한 생채기라면 '절대명령: 시공간 절개'는 완전히 시공간 자체를 잘라 내는 것이다.

사소한 차이지만 결과는 달랐다.

끼이이이-

보는 것만으로도 정신 오염을 불러오는 존재들이 구멍을 발견하고 괴성을 지르며 접근했다.

이대로 둔다면 둘 중 한 현상이 일어날 것이다.

저 괴물들이 이 구멍을 찢어발기며 침투해 결국 잘려 나간 시공간이 붙지 못하고 시공간의 틈으로 빨려 들어가거나.

내가 찢어 놓은 공간이 회복되어 다시 원상 복귀되거나.

지금이라면 전자가 될 확률이 훨씬 높았다.

하지만 나는 녀석들이 구멍에 들어오기 전에 찢어진 공간의 단면을 이어 붙이는데 성공했다.

찢어진 단면은 당연히 아귀가 맞지 않았지만.

내가 품 속에서 완드를 꺼내 의념을 집어 넣어 꽂자 단단히 고정이 됐다.

물론 아귀가 맞지 않아 벌어진 공간이 있긴 했지만 그 크기는 괴물들이 들어오기엔 너무나 좁았기에 문제가 되지 않았다.

끼이이이-

답답한 듯 괴성을 지르는 괴물들.

그 괴성이 담고 있는 정신 오염만으로도 경지가 낮은 마법사들은 오줌을 지리며 쓰러졌다.

"봉인을 지키는 동안 안쪽을 들여다보지 않게 조심하세요. 다른 사람들에게도 꼭 전달하시고요."

"알, 알겠습니다. 꼭 전달하겠습니다."

이렇게 해 놓으면 루시퍼가 갇혀 있는 시공간은 찢어져 나간 곳과 인력이 남아 떨어져 나가지 않을 테고.

이세계의 괴물이 침입할 걱정도 없었다.

그리고 봉인을 풀 때는 내 완드를 뽑아내기만 하면 그만이었다.

나는 여전히 긴장하고 있는 마법사들에게 몇가지 당부를 하곤 칼베인을 찾아 떠났다.

* * *

그런데 칼베인을 찾아 떠난 마을에서 문제가 발생했으니.

"칼베인? 그게 누군데요?"

"저는 토박이입니다만 처음 들어 보는 이름인데요?"

다들 칼베인이 누군지 알지 못하는 것이었다.

물론 이는 당연한 일이었다.

엘프의 수려한 얼굴로 숨어살 수 있을 리가 없었으니.

그래서 짙은 달에게 미리 수배까지 내려 뒀는데.

"호리호리하고 키가 큰 수려한 외모의 남성이요? 마법사일 수도 있고? 그런 사람은 없는데요?"

"혹시 몰라. 외모는 간단히 변경할 수 있으니 꼭 잘생기지 않아도 돼."

"그러면 찾을 수 있는 특이성이 없는데요……? 그리고, 그래도 없습니다."

단호하게 고개를 젓는 조직원.

"아니, 제대로 조사해 본 거 맞아? 어떻게 그렇게 확신할 수 있는 건데."

"왜냐하면 5년 전에 태풍이 일어나 남자들이 떼죽음을 당했거든요."

칼베인이 머무는 시그루 마을은 전형적인 해변 마을로 어업을 생업으로 삼는 마을이었다.

하지만 이상하게도 시그루 마을에서는 주기적으로 태풍이 몰려 오곤 했는데, 5년 전 예상치 못한 태풍으로 대부분의 남성들이 변을 당했다는 것이다.

"그래서 지금 남아 있는 사람은 여성을 제외하면 어린

아이나 노인, 혹은 몸이 불편한 사람뿐입니다."

갑자기 칼베인을 찾는 게 막혀 버렸다.

가리온이 망설이며 말했다.

"혹시 그 엘…… 칼베인이 마을을 떠난 게 아닐까요?"

"흐음, 하지만 떠날만한 이유가 안 보이는데? 바다인 것만 제외하면 엘프들이 살기에도 딱 마음에 드는 마을이고."

시그루 마을은 수풀이 우거진 깡촌인 게 엘프들이 머물기 딱 좋아 보였다.

물론 바다가 있어서 모르겠지만 애초에 바다가 싫었다면 처음에 정착조차 하지 않았겠지.

"그럼 혹시 여자로 변장한 건 아닐까요?"

"그러겠냐."

내 즉답에 아리스가 풀이 죽었다.

"어쨌든 가 보면 알겠지. 여기서 가만히 있어 봐야 뭐가 달라지겠어."

* * *

시그루 마을은 멀리서 보기엔 아담한 집들과 우거진 숲, 반짝이는 바다들이 어울려 정말 아름다운 마을이었다.

하지만 가까이 다가가니 분위기가 달라졌으니.

"뭔가 다들 불안해하는 것 같은데요?"

"우리를 경계하는 거야. 갑자기 수상한 외지인들이 들어오니까."

"그렇다고 쳐도 과해 보이는데……."

"지켜 줄 남자들이 없잖아."

여성과 어린아이, 노인만으로 마을이 정상적으로 굴러갈 리가 없었다.

이 정도 반응이야 예상했다.

그런데.

"그런 것 치고는 너무 잘 버티고 있는 거 같은데?"

"잘 버틴다뇨?"

"남자들이 전부 없어지면 식량은 누가 구하겠어. 식량을 구한다고 하더라도 마찬가지야. 게다가 이런 촌구석에 있는 마을이라면 언제 몬스터가 쳐들어올지 모르지. 그런데, 그런 것 치고는 다들 건강해 보이고 안정되어 있어."

"왜 그런 걸까요?"

"이제부터 알아봐야지."

나는 아리스를 가리켰다.

"가랏! 아리스! 네 힘을 보여 줘!"

아리스는 겉보기엔 평범한 여성에 불과하다.

게다가 그녀는 성직자.

그녀를 경계할 사람은 아무도 없을 터.

우리의 예상대로 그녀는 진상을 금방 밝힐 수 있었다.

"해신 님이에요! 그 분께서 우리를 보호해 주고 있어요!"

"해신? 그 사람이 누군데?"

"그분은 사람이 아니에요! 바다의 신이거든요! 그분이 우리에게 음식을 내려 주고 있어요!"

소년은 아리스가 준 육포를 양손 가득히 들고서 대답했다.

"누나, 누나는 성직자라던데 누나도 해신 님을 믿고 있어요?"

소년은 자신이 한 말이 무슨 뜻인지도 모른 채 히죽거렸다.

그러자 우리를 조심스럽게 지켜보고 있던 여성이 달려와 갑자기 그 소년을 끌어당겼다.

"아앗! 죄, 죄송합니다. 우리 천것들이 배움과 믿음이 부족해 감히 성직자님께 헛된 말을 했습니다. 부디 자비를……!"

그리고는 우리를 향해 무릎을 꿇고 빌었다.

아리스는 옅은 미소를 지으며 여성을 일으켜 세웠다.

"아드님이 신앙이 투철하시네요."

"제발, 제발…… 네?"

"주께서는 세상 모든 곳에 계십니다. 하늘에서도 땅에서도 바다에서도. 아드님은 그 중 주가 바다에 계실 때 은혜를 입은 것이지요."

여성은 아리스의 말을 이해하진 못했지만, 그녀의 의도를 눈치채곤 감사의 의미로 몇 번이나 고개를 숙였다.

아리스는 마주 고개를 숙여 의아한 표정을 짓고 있는 소년에게 눈을 맞추고 머리를 쓰다듬었다.

"애야, 내가 실수로 너희 어머니를 놀라게 해 버렸는데 내 사과를 받아 줄래?"

"음…… 알았어요. 그런데, 이 분은 우리 엄마가 아닌데요? 저희 엄마는 없어요."

"응?"

"얼마 전에 돌아가셨거든요. 이 분은 저희 옆집 사시는 가브리엘라 아줌마에요."

그 말에 우리들 모두 놀랐다.

우리가 만약 이단심판관이었다면 그녀의 목숨은 없었을 것이다.

그런데도 옆집 사람을 위해 목숨을 걸고 앞으로 나서다니.

보면 볼수록 엘프가 살기에 딱 좋은 마을이었다.

시구르 마을을 전부 둘러보는 데는 시간이 그리 오래 걸리지 않았다.

그만큼 시구르 마을이 작았기도 하고 좋은 안내인이 있었기 때문이다.

"여기가 마을에서 가장 큰 축사예요. 실바 아저씨가 주인인데 소만 다섯 마리에 닭도 수십 마리죠. 게다가 얼마 전에는 옆 마을에서 은퇴한 전마까지 사 왔다고 자랑하시더라고요."

"그래?"

"그 덕분에 아델라 아주머니, 그러니까 실바 아저씨 부인께 엄청 바가지가 긁혀서 술까지 금지당했다던데요."

우리와 처음으로 대화를 했던 소년 일레인은 마을에 대해 박식했다.

사소한 소문이나 건물에 얽힌 역사까지 꿰고 있는 게 이 마을에 수십 년은 산 사람도 이보다는 모를 정도.

그 말에 일레인은 머리를 긁적이며 말했다.

"제 취미가 마을에서 일어난 일들을 책으로 엮는 거거든요."

"책? 글을 읽을 줄 아니?"

이런 깡촌에 글을 읽을 줄 아는 걸 넘어서 책을 쓰는 걸 취미로 삼는 사람이 있다니 신기하군.

"부모님께 배웠어요. 원래 다음 촌장이 되시기로 하셨던 분이라……."

"앗, 아아……. 미안해."

"아니에요. 궁금해하실 만하죠. 저희 마을에 중요한 곳들은 이게 다예요. 만약 더 궁금하신 것 있나요?"

그 말에 가리온이 답답하다는 듯 한숨을 내쉬며 나에게 물어 왔다.

"그런데 이렇게 작은 마을에서 흔적이 하나도 발견되

지 않는다니, 칼베인은 진작 떠난 게 아닐까요?"

"아니. 한 곳이 남았잖아."

"어디요?"

"해신이 나타난다는 바다."

내 대답에 일레인이 곤란하다는 듯 말했다.

"그곳은 너무 위험해요! 아무리 마법사라고 하셔도 해신 님께서 분노하시면 뼈도 못 추릴 거예요."

"내 몸은 건사할 수 있으니 걱정하지 마. 만약 무서우면 위치만 알려 줘. 알아서 찾아갈게."

소년은 잠시 고민하다가 비장하게 고개를 끄덕였다.

"아뇨, 그래도 한 번 안내를 시작했으니 끝까지 안내해 드릴게요. 따라오세요."

"걱정하지 말렴. 너는 내가 반드시 지켜 줄 테니."

가리온이 호언장담하자 앞장서서 안내하던 일레인의 발걸음이 조금 가벼워지는 듯 했다.

* * *

해신이 나온다는 해변은 겉보기엔 평범한 해안가와 별다른 게 없었다.

일레인은 우리를 모래사장으로 인도했다.

"여기가 해신 님께서 음식을 보내 주시는 장소에요. 그래서 간혹 마을 사람들이 감사한 마음을 담아 여기서 제사를 드리곤 해요."

그 말에 주변을 둘러보니 돌로 쌓은 제단과 몇 가지의 제기가 보였다.

하지만 그것보다 내 눈에 들어온 건 이곳의 마력 흐름이었다.

"과연, 확실히 뭔가 있긴 있겠는데?"

"왜요?"

"다른 곳보다 마력의 밀도가 지나치게 높아. 주변에 영향을 미칠 정도로."

그러니 주기적으로 폭풍이 불어왔던 거겠지.

그 밖에도 갖가지 자연 현상들이 많이 일어날 것이다.

"평범한 사람들은 살기 힘들겠는데요?"

"아마? 뭐, 마법사들에겐 천국이겠지. 칼베인도 큰 이유로는 이것 때문에 이곳에서 연구를 이어 가려던 게 아니었을까?"

가리온은 궁금증이 남아 있는 듯 물음을 던졌다.

"그런데 이런 곳에 왜 마을이 생긴 걸까요? 실제로 사람들이 많이 죽었다잖아요?"

"그만큼 마력이 짙은 곳은 생물들이 빨리 성장하거든."

"아아, 확실히 저희가 어업을 할 때는 항상 만선이라는 얘기를 들었어요."

"그리고 사람들도 다른 곳에 비해 건강할 거야. 자연적인 마력은 과하지만 않으면 신체에 좋으니까."

가리온이 가졌던 의문은 내가 전부 풀어 주었다.

이젠 내 의문에 답을 찾을 차례.

"제사를 드리거나 하면 해신이 응답해 주기도 하니?"

"아뇨, 그런 적은 없어요."

"그런데 왜 해신이 있다고 믿는 거니?"

일레인은 대답을 고민하는 듯 침묵했다.

"원래 이 해변에 주기적으로 폭풍이 몰아닥치는데, 얼마전의 사건 이후로는 폭풍이 오지 않고 있어요."

"그래?"

"거기다 누군가 마을 사람들이 전부 먹을 수 있을 만큼의 많은 식량을 제공해 주세요. 그러니 누군가 의도적으로 우리를 도왔다고 생각할 수밖에 없는 상황인 거죠. 그런 일을 할 수 있는 건 신님밖에 없잖아요?"

"흐음, 나름 논리적인데요?"

"그러게. 어린애의 사고방식이 아닌데?"

"에이, 아니에요. 지금까지 해신에 대해 의문을 품어 본 적이 없는데 갑자기 물어보시니 더듬더듬 생각해 본 거 정도인걸요."

일레인은 부끄러워하면서 고개를 저었다.

"어쨌든 일레인의 말대로 누군가 마을을 도와주고 있다는 사실은 확실한 것 같아."

"그러면 혹시, 그 사람이 칼베인?"

"거의 그렇겠지."

"그럼 어떻게 해야 할까요?"

나는 어깨를 으쓱이며 대꾸했다.

"아마 칼베인은 내 존재를 인지했을 거야. 내가 딱히 마력을 숨기고 있는 것도 아니니 그 정도의 마법사가 이상을 눈치채지 못할 리가 없으니까."

"그런데도 만나러 오지 않는 건 칼베인이 우리를 만나기 싫어한다는 걸까요?"

"오지 못할 상황이거나."

우리는 해변을 한 바퀴 돌아봤지만, 힌트는 더 찾을 수 없었다.

"칼베인이 여기 있다는 심증은 있지만 좀처럼 만날 방법을 알 수는 없으니……. 네자르님, 이제 어떻게 하지요?"

"돌아가서 얘기하자."

나는 돌아오자마자 모두를 둘러보며 말했다.

"나오지 않으면, 나올 수밖에 없게 만들어 줘야지."

* * *

내가 가장 먼저 한 행동은 주변의 마력 밀도를 낮추는 일이었다.

칼베인이 여기에 머무는 이유에는 마을 분위기도 있겠지만 마력의 밀도가 높은 게 가장 큰 이유일 것이다.

그러니 밀도를 낮춰 버린다면 그 원인을 찾아 모습을 드러낼 테지.

"이건 뭐 하는 마법진이에요?"

"효과는 별거 없어. 원래 마력을 다 소모한 아티팩트들에 마력을 공급해 주는 마법이지."

"이 곳의 마력 밀도까지 낮출 수 있을 수준의 아티팩트가 있을까요?"

나는 고개를 저었다.

이 공간 자체의 마력 밀도를 낮출 아티팩트라면 아무리 최적화해도 들고 다닐 수 없을 정도로 거대한 크기를 자랑할 것이다.

하나만 제외한다면.

"이걸 쓸 거야."

"성장이군요? 과연……. 성장이라면 마력을 아무리 빨아들이더라도 버틸 수 있을 것 같네요."

나는 출력을 위해 크기를 몇 배나 확장시킨 마법진을 가동했다.

쿠우우우……!

그러자 묵직한 소음이 일어나더니 마법진을 향해 산들바람이 불어왔다.

"마력을 너무 격하게 빨아들이다 보니 일어나는 현상인데, 점점 강해질 거야."

내 말대로 바람은 서서히 강해져 어느새 나뭇가지들이

마구 흔들릴 정도의 격한 바람으로 바뀌었다.

나는 그렇게 마법진이 마력을 모으는 사이 다음 마법을 준비했다.

"라비린토스."

얼마 전에 내가 개발했던 마법으로, 이번에 결계로 쓸 수 있게 개조했다.

이 마법은 시공간을 격리하는 기능은 유지한 채 마력 소모를 낮춘 마법.

그러다 보니 덤으로 외부에서 이 마법을 인지하기 힘들어졌는데 덕분에 이 작전에서 효과적으로 써먹을 수 있게 되었다.

콰아아아!

내 예상처럼 결계는 거센 마력의 폭풍 때문에 내가 마음먹고 찾아도 찾기 어려울 정도였다.

이제 내 아티팩트를 건드리는 즉시 이 결계가 작동하여 내부에 침입자를 가둘 것이다.

"이제 됐어. 돌아가자."

"뭐라고요?!"

나는 거센 바람 소리 때문에 내 말을 듣지 못한 가리온에게 다시 소리를 지르려다가 포기하고는 녀석의 팔을 잡아 끌며 자리를 빠져나갔다.

그리고 바로 다음날 밤.

누군가가 함정에 걸렸다.

결계에 들어가자마자 가리온과 아리스는 당황을 금치 못했다.

그 속에 안절부절하고 있는 일레인이 갇혀 있었기 때문이다.

"살려 주세요……!"

"쟤가 왜 저기에 갇혀 있죠?"

"그러게요……?"

둘이 머리에 물음표를 띄우고 있을 때 나는 회심의 미소를 짓고 있었다.

"속일 생각은 하지 않는 게 좋을 거야. 일레인, 아니 칼베인이라고 해야 하나?"

"일레인이 칼베인이라고요?!"

둘은 내 말에 소스라치게 놀랐다.

하지만 신수들은 내 말에 반대했다.

[지금까지 네 말이 틀린 적은 없지만, 이번만큼은 틀린 것 같군. 이 아이에게는 다른 엘프들과 같은 자연의 기운이 느껴지지 않아.]

"그래요! 맞아요! 저를 누구로 의심하시는지는 모르겠지만 전 평범한 인간이라고요!"

"칼베인의 연구가 성공했다면?"

[흐음……!]

칼베인의 연구는 자신의 영혼을 인간으로 바꾸는 것.

만약 그의 연구가 성공했다면 신수들이 칼베인의 기운

을 느끼지 못하는 것도 이해가 간다.

나는 그렇게 확신하며 칼베인을 마저 추궁했다.

"그럼, 여기 왜 들어왔지?"

"부, 부모님의 생각이 나서 한 번 나와 봤어요. 여기 오면 안 되는 건 아니잖아요."

일레인의 부모님 공격에 아리스가 내 옆구리를 팔꿈치로 쿡쿡 찔렀다.

하지만 나는 팔꿈치를 밀어내며 말했다.

"너가 여기 들어오지 않았더라도 난 너를 의심하고 있었어."

"어째서죠?"

"네가 이 마을에 대해 갖고 있는 해박한 지식. 꼬마애가 알 수 없을 정도로 오래된 일마저 꿰고 있는 것부터가 수상했지."

"그거야……. 제가 말했잖아요! 그런 거 기록하는 게 취미라고요!"

아무리 그렇다고 해도 자신이 태어나기 수십 년 전의 일까지 기억하는 건 어려울 듯하지만.

뭐 그것 말고도 증거는 많으니.

"그리고 어떻게 처음부터 내가 마법사인 걸 알아봤지?"

"……."

"그 밖에도 많아. 또래 같지 않게 성숙한 모습에, 네 부모님이라던가, 여기에 왜 왔냐라던가."

가리온과 아리스도 약간 의문이 생긴 듯 했으나 그것만으로는 부족한 듯 나를 바라보는 시선이 뜨뜻미지근했다.

"물론 결정적인 이유는 결계의 발동 조건을 성장에 마력을 불어넣으려고 했을 때로 잡아 놓았기 때문이지만."

"그걸 제일 먼저 말해야죠!"

내게 소리를 지르는 녀석들을 뒤로하고 나는 일레인을 바라보며 말했다.

"그래서 정체를 숨기고 있었던 이유가 뭐지?"

"들켰으니 어쩔 수 없군. 그러면 도망치지 않을 테니 먼저 이 마법진을 해제해 줄 수 있겠나?"

일레인의 말투가 자신의 본래 나이에 맞게 바뀌었다.

나는 어깨를 으쓱이며 말했다.

"말하시는 거 봐서요."

"내 말은 반드시 지킴세. 그러니 이 마법진을 당장 해제시켜 주게나."

일레인, 아니 칼베인이 간절함이 섞인 목소리로 부탁했다.

"혹시 하시고 있던 연구에 문제가 생길까 걱정돼서인가요?"

"그런 게 아닐세! 그대가 믿지 못할지도 모르나……."

"아니면 이곳에 봉인되어 있는 마족 때문인가요?"

내 말에 모두 화들짝 놀랐다.

하지만 제일 놀란 건 칼베인이었다.

"그걸 어떻게……!"

"마법진을 설치하기 전에 해변에 있는 마력의 발원지를 가봤거든요. 봉인이 깨져 마력이 흘러넘치고 있더군요. 당신이 그걸 고치고 있던 거지요?"

그러니 갑자기 찾아온 우리를 경계할 수밖에 없던 거고 해변으로 가려고 했을 때 반대한 것이리라.

"그럼 해신은?"

"칼베인 님이겠지. 폭풍이 일어나지 않은 건 마력이 새어 나오는 걸 칼베인 님이 막고 있어서고, 마을 사람들에게 인정을 베푼 것도 마찬가지고."

"내 오지랖 때문이지. 그것보다 이유를 알고 있으니 더 할 말 없지. 당장 마법진을 해제해 주게."

"괜찮아요. 이 결계는 시공간이 나뉘어 있어 주변의 마력을……."

내가 설명을 하고 있던 그때였다.

쿠르르……!

갑자기 해변에 풍랑이 찾아오기 시작했다.

"이런, 마족의 봉인이 풀려난다! 그러니 내가 진작 마법진을 해제해 달라고 하지 않았는가!"

킬베인이 마법진을 해제해 달라며 거듭 애원했던 이유가 있었다.

그의 경지로는 마족의 봉인을 억누르는데 한계가 있었고,

그렇기 때문에 이 주변에 흐르는 마력을 이용해 봉인진을 억누르고 있었다.

현상 유지에 지나지 않지만 이것만 해 줘도 봉인이 풀릴 일은 없었다.

하지만 내 마법진으로 인해 마력 밀도가 급속도로 낮아져 봉인이 풀릴 위기에 처하자 정체가 들통날 위험을 무릅쓰고 여기까지 나온 것이었다.

하지만 내가 봉인을 신경 쓰지 않았을 리가 없었다.

"함정이 발동되면 시공간이 괴리되면서 결계 바깥의 마력 밀도는 다시 원래대로 돌아갔을 텐데?"

"그 짧은 틈에 놈들이 움직인 게 틀림없네!"

"놈들?"

그러자 킬베인은 이를 갈며 말했다.

"몇 년 전부터 마족의 봉인을 해제하려는 놈들이 나타났네."

"설마 네크로인가?"

"자네들이 아는 놈들인가?"

우리가 고개를 끄덕이자, 그가 이어 설명했다.

"시그루 마을의 사람들이 대거 목숨을 잃었던 풍랑도 전부 녀석들의 짓이지. 그 이후로 내가 나서서 녀석들을 막고 있었다네."

그래서 우리가 등장하자마자 나섰던 거군.

우리가 어떤 의도를 지니고 왔는지 알아보기 위해서.

순간 나는 한 가지 의문이 생겼다.

"그런데 아직도 정체를 숨길 여유가 있으신 거 보면 잘 막고 계셨던 거 같은데, 왜 갑자기 봉인이 풀리려 하는 거죠?"

전생에 의하면 이곳에서 봉인이 풀린 마족은 없었다.

그렇다는 소리는 킬베인이 봉인을 잘 수호하고 있었다는 소리인데 갑자기 왜 이런 일이 일어난 걸까?

"안 그래도 이제 정체를 숨기는 것도 한계에 다다랐지. 얼마 전부터 쳐들어오는 자들의 경지가 급격히 높아졌거든."

"얼마 전이라면……?"

때마침 짚이는 게 있었다.

전생과 다른 점이라면 딱 한 가지였다.

"1년 정도 됐을걸세."

"칠죄종이로군."

칠죄종 중 누군지는 몰라도 이곳의 봉인을 발견하고 봉인을 해제하여 자신의 세력을 키우려는 게 틀림없었다.

"혹시 그들의 특색은 따로 없었나요?"

"흐음, 그러고 보니 전부 여성이었던 것 같구먼."

우르릉……!

그 때 땅이 한 번 더 진동했다.

그러자 킬베인은 이제 발까지 동동 구르며 우리를 재촉했다.

"웃, 이럴 때가 아닐세! 당장 마법진을 해제하고 마을 사람들을 대피시켜야 하네. 그리고 내가 어떻게든 막아 볼 테니 자네들은 빨리 마탑주를 불러와야……."

"직접 목숨을 걸고 막아 보시겠다니 킬베인님의 의지에 존경을 표합니다만, 그러실 필요는 없어요."

"뭐?"

나는 충전이 끝난 성장을 뽑아 들며 말했다.

"그러고 보니 소개를 안 드렸네요. 제 이름은 네자르, 용사입니다."

* * *

마법진을 해제하고 바깥으로 나와 보니 바닷가에선 어느새 거대한 포말이 일고 있었다.

넋을 잃고 그것을 바라보던 킬베인은 10미터를 족히 넘는 크기에 곧 경악을 토했다.

"이런, 규모를 보아하니 작위가 있는 귀족임이 틀림없네. 오, 세계수시여…… 맙소사……."

그에 반해 우리는 여유만만이었다.

이전에 데스리벤에서 만났던 마족 백작 리바이안에 비하면 어른과 아이라고 봐도 무방할 정도.

"크긴 하지만 그때 바다에서 만났던 마족보단 아담한데요?"

"흘러나오는 마기의 밀도만 따져 보면 끽해야 남작, 기사급일지도 모르겠는데?"

푸화아아악!

그 순간 바다 한가운데서 어둠이 세상을 뒤덮듯 폭발적으로 치솟아 올랐다.

[드디어 내가 부활했도다! 세상은 나 남작 게브리콘의 위명에 벌벌 떨 것이다!]

"나, 남작……! 잔인한 놈! 자신의 봉인을 풀어 준 자들까지 전부 죽이다니……!"

게처럼 생긴 녀석의 여러 개의 발에는 사람들이 꽂혀 죽어 있었다.

녀석은 그 시체를 씹어 대며 입에서 거품을 내뱉고 있었다.

"아, 시체를 보니까 누구 수하인지 알겠네."

"응? 누구 수하인데요?"

"음욕의 수하인 게 분명해. 전부 다 여성에 얼굴이 미형이잖아. 뻔하지."

우리가 평화롭게 대화를 나누자 킬베인이 안달이 났는지 재촉하기 시작했다.

"그런 건 나중에 따지고, 지금은 저 녀석을 해치우기 위해 힘을 합쳐야 하네! 그대들도 용사니 나만큼은 아니겠지만 힘을 합친다면 이겨 낼 수도 있을걸세!"

[흠, 네 놈들은 누구냐?]

"제, 제길……!"

킬베인의 언성이 높아진 덕분에 들키고 만듯했다.

게브리콘은 우리를 향해 집게를 뻗었다.

[나를 보고도 도망가지 않다니. 용기와 만용의 차이를 모르는 건가, 아니면 공포에 발이 굳어 움직이지 못하는 건가.]

"비기, 대지 가르기."

서걱!

[크아아악!]

가리온의 비기에 집게가 잘려 흩날렸다.

그러자 게브리콘은 입에서 거품을 더욱 많이 뿜어내며 비명을 질렀다.

[하찮은 미물 주제에!]

수많은 거품이 날아올라 우리 쪽을 향했다.

그 거품 안에서 심상치 않게 뭔가 방울이 뽀글뽀글 올라오는 게 절대 평범한 거품 같아 보이진 않았다.

"신이시여, 어린 양에게 머물 한 뼘의 그늘을 내려 주소서!"

하지만 어느 거품 하나도 아리스의 방벽을 통과하진 못했다.

거품이 방벽을 만나 터지자 안에 있던 액체가 그대로 방벽을 타고 흘렀다.

이윽고 그것이 땅에 닿자 역한 연기를 내며 땅을 녹였다.

[이놈들, 나 남작 게브리콘의 분노를 맛보아라!]

그 사이 집게를 재생한 게브리콘이 거대한 몸체로 바다를 헤치며 우리에게 걸어왔다.

그 와중에도 나는 긴장감 없이 중얼거렸다.

"아, 겉모양이 게라지만 진짜 옆으로 걸을지는 몰랐네."

"그게 중요한게 아니잖나!"

나는 성장을 앞으로 내밀었다.

성장은 마력으로 과충전되어 마치 전류가 흐르듯 잘게 명멸하고 있었다.

나는 그 성장에 모인 마력을 내 서클과 충돌시켰다.

쿠웅!

8서클에 이른 서클마저 진동할 정도로 큰 충격.

그만큼 효과는 굉장했다.

구오오오오-!

아케인 차지가 마치 신이 바다에 대고 거대한 손가락을 그은 듯 바다를 두 갈래로 갈랐으며.

아케인 차지와 닿은 물은 즉시 기화되어 수증기를 일으켰다.

수증기에 빛이 산란하여 해변을 빛으로 물들였다.

언뜻 보면 참으로 아름다운 광경이었다.

하지만 그 빛을 정면으로 얻어맞고 있는 녀석은 전혀 다른 감상을 느끼고 있었다.

[끄……어…….]

녀석은 앞으로 돌진하기 위해 옆으로 서 있었고 게처럼 몸이 납작했기 때문에 타격이 더욱 심했다.

거의 반토막이 된 녀석은 유언도 제대로 남기지 못한 채 죽고 말았다.

털퍼덕.

"남, 남작급 마족이 일격에……!"

그 광경은 킬베인에게 꽤 충격적인 듯했다.

그가 넘어지는 바람에 가리온이 부축을 해 주었는데도 정신을 못 차리고 비틀거렸다.

하지만 내 신경은 다른 곳을 향하고 있었다.

"거기, 언제까지 숨어 있을 거지?"

"어떻게 알았죠? 잠입은 제 특기 중 하나거든요."

"내가 알려 줄 이유가 있을까?"

시공간을 깨친 내게 몰래 숨는 건 불가능하거든.

마치 마틴처럼 그림자에서 나타난 여성.

그녀는 입가에 매혹적인 미소를 띠며 내게 걸어왔다.

"마족의 봉인을 푸는 데 성공했다고 해서 왔는데 이런 우연이 있나. 이런 곳에서 용사님을 만나다니 영광이군요."

"너는 누구지? 칠죄종인가 뭔가 맞지?"

"네, 칠죄종의 음욕, 러스트라고 해요."

녀석은 끼 부리듯 치마를 들어 올리며 인사를 했다.

눈을 마주치자 슬쩍 윙크를 하기까지 했다.

"그런데 용건이 끝났으면 돌아갈 것이지 왜 안 가고 숨어 있던 거지?"

나는 위협할 겸 한 손에 화염구를 띄웠다.

그러자 그녀는 불에 데인 것처럼 과장되게 놀라는 척하며 뒤로 슬금슬금 물러났다.

"너무 경계하지 마세요. 저는 다른 칠죄종들과 다르답니다."

"그걸 어떻게 믿지?"

그녀는 고개를 갸웃거리다가 싱긋 웃으며 양팔을 펼쳤다.

"증거를 보여 드릴게요."

파앗!

그와 동시에 그녀의 등 뒤에서 피막으로 된 날개가 펴지며 그녀의 엉덩이에서 마족의 꼬리가 튀어나왔다.

그리고 그와 동시에 미리 경계하고 있던 아리스와 가리온, 신수들이 나를 둘러싸고 능력을 토해 냈다.

그러자 그녀는 이번엔 진심으로 놀랐는지 날개로 몸을 감싸며 뒷걸음질 쳤다.

그 사이 나는 그녀의 변화를 살펴보았고 그녀가 무슨 말을 하는지 알 수 있었다.

그녀의 모습은 마치.

"서큐버스?"

"그, 그래요. 우린 서큐버스의 인자를 갖고 있어요. 인간 없이는 생존할 수 없는 연약한 존재들이랍니다. 다른 칠죄종들과는 태생부터 달라요."

그녀는 우리를 경계하는 듯 조심조심 걸어 오며 말했다.

"다른 칠죄종들은 인간들에게 원한을 갖고 인간 세상을 멸망시키려 해요. 하지만 우리는 달라요. 인간 없이는 우리도 살아남을 수 없답니다."

"그건 그렇긴 하지."

서큐버스는 인간의 정기를 흡수하여 살아가는 마족.

아무리 강대해도 인간이 없다면 굶어 죽을 수밖에 없다.

"네가 원하는 건 우리와 편을 맺고 다른 칠죄종들을 몰아내는 거야?"

"그래요. 우리는 좋은 동료가 될 수 있어요."

"흐음."

그녀는 어느샌가 가리온과 아리스, 신수들을 밀치고 내 곁으로 다가왔다.

"제가 네크로의 수장이 된다면 마왕님은 절대 소환하지 않을거에요. 그 분께서 오신다면 이 세상은 끝이니까요."

"그건 그렇지."

그녀의 손이 내 가슴을 쓰다듬었다.

그러자 가리온이 그녀를 향해 검 끝을 내밀었다.

"물러서지 못해!"

"해를 끼치려는 생각은 전혀 없어요. 자, 봐요. 아무런 무기도 없잖아요."

그녀는 자신이 입고 있던 망토를 벌렸다.

그러자 헐벗은 몸이 드러나고 가리온은 얼굴을 붉히며 버럭 소리 질렀다.

"너희는 무기 없이도 사람 하나 죽이는 건 쉽잖아!"

"이 거리에서 그런다면 저도 죽을 게 뻔한데 다른 놈들 좋은 일 시켜 줄 생각은 없으니 걱정 마시길."

"네 말이 맞아. 걱정하지 마, 가리온."

가리온은 꺼림칙한 표정으로 검을 내렸고 러스트는 내 품에 더욱 안겨 왔다.

그녀의 손이 닿는 곳마다 전부 화끈한 열기가 올라오며 점점 정신이 혼미해졌다.

"고마워요. 신사적이시네요."

"별 말씀을."

"다른 녀석들은 전부 마왕님을 소환할 생각뿐이에요. 그리고 전부 야만적이죠. 당신과 다르게요."

그녀는 내 볼을 쓸어내렸다.

그녀의 뜨거운 숨결이 내 옷자락 속으로 파고들었다.

"저는 많이 안 바래요. 그저 우리가 살아갈 약간의 땅만 있으면 돼요. 어때요? 우리는 좋은 거래 상대가 될 것 같은데……."

"흐음, 나도 그렇게 생각해."

그녀는 내 말에 화려하게 웃었다.

마치 그녀의 주변으로 꽃이 피는 듯한 느낌.

그녀의 입이 내 입으로 다가왔지만, 나는 슬쩍 그녀를 밀쳐 내며 말했다.

"대신 조건이 있는데. 들어줄 수 있어?"

"무슨 조건이요? 제가 할 수 있는 거라면 뭐든."

"고마워."

나는 발로 땅을 내리찍었다.

마법진이 우리를 감쌌다.

그녀는 급히 나를 밀치며 물러나려 했지만.

푹!

마법진에서 솟아오른 촉수가 그녀의 복부에 파고들었다.

"네 목숨을 받아 가야겠어."

"크윽?!"

그리고 촉수에 걸려있는 주문이 활성화되며 그녀의 사지 육신을 결박했다.

철퍼덕!

나는 꼴사납게 넘어진 그녀의 등을 밟고는 그녀를 비웃으며 말했다.

"미안하지만, 나는 마족과는 거래하지 않는 주의라."

8장

8장

촉수가 넝쿨처럼 자라 러스트를 옭아맸다.

그녀는 촉수를 뿌리치려 했지만, 그 촉수는 무려 백작급 마족의 육신.

쉽게 떨쳐 낼 수 없었다.

"큭! 분명히 내 매혹에 당했을 텐데……!"

"그런 뻔한 수에 당할 사람이 누가 있겠어."

이번 생에는 처음이지만, 전생에선 이미 몇 번이고 경험한 수였으니 당할 리가 없지.

그녀는 억울한 듯 목소리를 높였다.

"하, 하지만 내 제안은 진심이었어! 믿어 줘!"

"믿지, 믿고말고. 너희들의 생태는 나도 잘 알고 있으니까."

"그런데 어째서……!"

그녀는 의문을 가질 수밖에 없었다.

그녀가 알지는 모르겠지만, 실제로 나는 마틴을 살려주기도 했으니까.

하지만 그녀와 마틴에게는 미묘한 차이가 있었다.

"너희와 거래 따위는 할 생각이 없거든. 내가 일방적으로 이용하는 거라면 모를까."

"왜 그렇게까지 우리를 적대하는 거야!"

문득 과거에 가리온과 만난 지 얼마 안 되었을 때 나누었던 대화가 떠올랐다.

녀석은 죄를 저지르지 않았던 오크마저 전부 죽이는 걸 망설였었지.

뭐, 그때나 지금이나 내 생각엔 변함이 없었다.

"착한 네크로는 죽은 네크로일 뿐이거든."

난 그녀를 밟고 있던 발을 떼고 물러나 손가락을 튕겼다.

딱-!

그러자 넝쿨을 타고 불길이 올라온다.

"꺄아아악!"

불길이 러스트를 태우는 모습은 잔인했다.

아리스는 차마 보지 못하고 눈을 돌릴 정도로 끔찍한 광경.

그럼에도 난 시선을 피하지 않고 그녀가 고통스러워하는 모습을 태연하게 지켜보고 있었다.

"네자르 님, 그래도 너무······."

"괜찮아. 칠죄종이나 되는 애가 이렇게 쉽게 죽을 리가 없으니까. 다만, 실험을 위해서는 힘을 빼놔야 하거든."

내 말대로 그녀는 불에 직접 닿는 부분을 제외하고는 약간 붉은 기가 도는 게 다일 뿐 아무런 상처도 없었다.

이 마법도 성장에 깃든 신성력이 아니었으면 별 타격이 없었겠지.

쫘악!

결국 그녀는 발악에 성공하여 촉수를 찢어 내고 탈출하는 데 성공했다.

하지만 그녀의 몸은 이미 만신창이였다.

"하아, 하아······. 네 녀석들 내 제안을 거부한 대가를 톡톡히 치르게 해 주겠어!"

그녀는 물러나서 숨을 헐떡이며 이를 갈았다.

"도망치려고?"

"다음엔, 다음엔······. 두고 보자!"

하, 왜 이 녀석들의 패턴은 하나같이 똑같을까.

그녀는 마틴처럼 형체를 그림자로 바꿔서 나로부터 도망치려 했다.

털썩!

"큭!?"

그러니 결과가 똑같을 수밖에.

그녀가 한참 촉수와 씨름을 할 때 미리 절대명령을 통

해 이 공간을 단절시켜 놓았거든.
"네가 살 방법은 하나뿐이야."
나는 아케인 차지를 준비하고 그녀의 목에 성장을 겨누며 말했다.
"얌전히 내게 이용당하도록 해."
아무리 칠죄종인 그녀라 해도 마력광이 파직 거리는 성장을 앞에 두고는 별다른 수가 없었다.

* * *

"놀라운…… 놀라운 일이로군."
킬베인은 러스트가 제압당하고 한참 지나서야 정신을 차린 듯 말을 더듬으며 몸을 추슬렀다.
그런데 신기하게도 그의 외견은 그대로였다.
그 정도로 충격을 받았으면 변신 마법이 흐트러질 만도 한데.
"지금 내 모습은 변신 마법으로 변한 게 아니라네."
칼베인이 내 눈빛에서 호기심을 읽은 모양이다.
그는 아직도 러스트가 두려운지 그녀가 갇힌 흑암의 관을 연신 흘깃거리며 대답했다.
그 말을 듣고 나니 루스가 한 말이 떠올랐다.
킬베인에게서 엘프의 기운이 느껴지지 않았다고 했었지.
그렇다면 설마…….

"영혼을 조형하는 방법을 터득하신 겁니까?"

"그렇다네. 지금 내 모습은 내가 인간일 때의 모습이지. 그걸 눈치채다니 대단한 직관이군. 아니지, 그 경지에 이르렀으니 당연한 건가."

"일종의 폴리오프라고 할 수 있군요."

나는 감탄하고 말았다.

폴리오프란 결과 자체는 변신 마법과 비슷하나 전혀 다른 마법이었다.

폴리오프는 한 때 대륙을 지배했던 드래곤들만의 전유물로 영혼을 조형하여 외형만이 아닌 근본마저 타 종족으로 바꾸는 비술이었다.

킬베인은 집념만으로 잊혀진 비술을 되살린 것이다.

"흐음……"

동시에 난감한 부분이 생겼다.

원래의 내 계획이라면 킬베인의 연구에 도움을 주고 대가로 정보를 얻으려고 했었다.

대마법사의 조언은 쉽게 구할 수 있는 게 아니니까.

내가 깨달은 속성들이라면 분명 연구에 도움이 될 수 있다는 자신감도 있었고.

하지만 이미 연구를 완성한 후라면 어떻게 해야 할지…….

"그런데, 상황이 너무 급작스럽게 흘러가다 보니 자네들이 왜 나를 찾았는지 물어보질 못했군."

나는 그가 불쾌하지 않도록 조심스럽게 사정을 설명했다.

그가 오랜 기간동안 연구한 자료를 전부 달라고 하는 게 얼마나 양심 없는 소리인지는 나도 알고 있었으니까.

그런데 그는 내 설명을 듣고는 선뜻 고개를 끄덕였다.

"내 연구가 자네들의 여정에 도움이 된다면 알려 주도록 하겠네."

"그래도 괜찮으시겠어요?"

"자네들은 시그루 마을을 구해 주고 원수까지 갚아 주지 않았나."

그는 깊어진 눈으로 시그루 마을 쪽을 바라보았다.

이 와중에도 시그루 마을은 여전히 아무 일도 없는 듯 평화로워 보였다.

"그들은 내가 찾은 새로운 가족이거든."

"알려 주신 지식은 반드시 올바르게 쓰겠습니다."

"다만, 문제가 있네."

"네?"

그는 걱정스러운 표정으로 말했다.

"자네들은 시간이 부족하다고 하지 않았나. 자랑하는 건 아니지만 내가 연구한 영혼의 조형은 무척이나 복잡하다네. 내가 엘프가 아니었다면 연구를 마치지 못하고 죽었을 테지."

"그렇군요."

"그런데 그걸 토대로 새로운 마법까지 개발해야 하니 시간이 무척이나 오래 걸릴 텐데 괜찮겠나?"

괜한 걱정을.
나는 자신감 가득한 미소를 지었다.
"그건 걱정 마시죠."

* * *

"세계수시여, 맙소사."
킬베인의 밑천을 털어먹는 데는 일주일도 걸리지 않았다.
아무리 그의 연구가 복잡하고 어렵지만 일레르트나 이리나의 개념조차 구경하는 것만으로도 훔쳐 낸 나였다.
물론 그 개념들은 내게도 익숙한 것들이라 빨리 배운 거긴 했지만.
영혼의 조형도 마탑의 연구들을 살펴보며 어느 정도 눈에 익었기 때문에 금방 배울 수 있었다.
"이제 다음은 실험이지."
나는 흑암의 관에 갇혀 있는 러스트를 바라보았다.
그녀의 사지에는 촉수가 박혀 있었으며 그녀가 움직일 때마다 촉수가 빈틈으로 독기를 불어넣고 있었다.
"으으……"
"잘 버티고 있었어?"
"네, 네자르……! 꺄악!"
그녀는 내 목소리가 들리는 방향을 향해 몸을 내밀었다가 촉수가 내뿜는 독기에 고통스러워하며 몸을 뺐다.

나는 흑암의 관을 취소하고 그녀에게 마력을 흘려 넣어 그녀의 영혼을 관찰했다.

"으읏!"

그녀는 자신의 본질이 관찰당하고 있다는 공포에 몸을 떨었지만 할 수 있는 게 없었다.

'영혼이 마족의 인자와 엉망진창으로 섞여 있군. 어느 한쪽도 쉽게 제거할 수 없겠는걸?'

하지만 내 목적은 그녀를 원래대로 돌리는 게 아니라 칠죄종의 약점을 찾는 것.

나는 거듭된 연구로 칠죄종의 영혼에 대한 이해도가 점점 높아졌고 반대로 그녀는 하루하루 점점 초췌해져 갔다.

며칠도 되지 않아서 저항하길 포기할 정도로.

"이제 촉수를 유지하지 않아도 되겠는데? 마침 촉수를 다루느라 시도해 보지 못했던 실험이 있었는데! 잘 됐는걸."

"하지만 완전히 풀어 줘도 되겠어요? 몸은 멀쩡하잖아요."

"괜찮아. 얘는 지금 계속해서 영혼을 노출당하고 있어. 그 공포는 인간의 정신으로 버틸 수 있는 게 아니야. 뭣하면 팔, 다리라도 꺾어 놔?"

"그건 좀……."

가리온이 고개를 저었다.

그 정도로 그녀의 정신은 지금 공포에 젖어 있었다.

인간이라면 절대 정신을 못 차릴 수준이었다.

하지만 그녀는 인간이 아니었다.

내가 완전히 방심하고 그녀를 봉인하고 있던 촉수를 풀었을 때였다.

파앗!

그녀의 눈이 빛나며 그녀의 날개가 활짝 펼쳐졌다.

"이, 이런!"

나는 급히 마법을 시전했지만, 그녀는 날개로 내 마법을 쳐냈다.

아무리 촉수에 오랫동안 묶여 있었다고 하지만 그녀는 칠죄종.

내가 급히 시전한 마법 정도는 자체 항마력으로 버텨낼 수 있는 모양이었다.

"큿!"

물론, 그렇다고 하더라도 약해진 정신으로 내게 맞설 수는 없었다.

그녀는 가리온의 검을 피해 하늘로 날아오르더니 내게 저주를 퍼부었다.

"내가 준 기회를 걷어차다니. 꼭 후회하게 만들어 주겠어!"

"제길, 아리스! 당장 성역을 선포해! 러스트가 도망치게 둬서는 안 돼!"

"그렇게 갑자기 말하시면……!"

아리스가 긴급히 성역을 선포했지만, 러스트가 이미 하늘 높이 날아오른 뒤였다.

그리곤 그림자에 숨어들 틈도 없이 도망가는 그녀.

[우리가 먼저 쫓아가겠다!]

루스와 아리에스가 급히 날아올랐지만, 나는 손을 저어 신수들을 만류했다.

"흠, 됐어. 따라가지 않아도 돼."

[우리들 속도라면 아무리 녀석이라도 지쳤으니 따라갈 수 있어!]

"괜찮다니깐."

나는 모두를 진정시키며 말했다.

"내가 말했잖아. 거래는 사절이지만 일방적으로 이용하는 건 괜찮다니까?"

러스트의 영혼에 내 마력을 심어 뒀거든.

* * *

우리는 킬베인과 인사를 나누고 성국으로 돌아왔다.

칠죄종의 영혼도 연구했겠다 덤으로 녀석들에게 타격도 입혔겠다, 러스트에게 심어 놓은 마력을 통해 녀석들의 본거지 위치도 파악했겠다.

당초의 목적은 초과 달성했으니 이제 본래의 계획으로 돌아갈 때였다.

네크로와의 전쟁.

하지만 전쟁이라는 이름과 다르게 네크로의 본진으로 침투하는 인원은 소박했다.

"그 인원으로 가능하겠나."

나, 가리온, 아리스, 그리고 신수 세 마리.

"어쩔 수 없지요. 그렇다고 해상을 전부 정리할 때까지 기다릴 수도 없는 노릇이고."

러스트를 연구하면서 얻은 정보에 의하면 네크로의 본진으로 이어지는 해로에는 수많은 마물과 마족들이 숨죽이고 있었다.

그들을 일일이 무찌르며 헤쳐 나가기엔 시간과 인력이 너무 많이 들었다.

그래서 우리가 우회하여 먼저 들어가서 정황을 살피기로 했다.

"마지막으로 부탁하겠네. 만약 그대들이 위험에 처한다면 우리의 원정의 의미도 퇴색된다네."

"하지만, 더 늦어진다면 그들이 무슨 짓을 벌일지도 모르죠."

"이미 대륙에 손을 뻗었던 대부분의 네크로는 일소되지 않았나. 그들이 벌일 수 있는 수는 거의 없다네."

교황의 말에 나는 단호하게 고개를 저었다.

서로 권력을 쟁탈하면서도 마탑에 마수를 뻗치고 마족의 봉인을 풀려고 하던 녀석들이었다.

만약 그들이 하나로 뭉치게 된다면 내가 상상도 하지 못한 수단을 벌일지도 모른다.

이미 칠죄종부터가 내가 상상도 못했던 놈들이지 않은가.

"그렇다면 다른 동료들도 데려가는 건 어떠한가?"

"그들은 그들 나름의 임무가 있지 않나요? 몸이 가벼운 건 우리뿐이잖아요."

교황은 설득을 계속했으나 내 반론에 막혀 결국 고개를 끄덕일 수밖에 없었다.

"크흠, 알겠네. 그럼 그대들의 여정에 신의 가호가 함께하길."

결국 내 단호한 거절에 마지막까지 반대했던 교황도 우리를 보내 줄 수밖에 없었다.

"그럼, 다음에는 네크로의 섬에서 뵙겠습니다."

우리는 자그마한 쪽배의 돛을 펼치며 대륙을 뒤로하고 미지의 섬을 향해 출발했다.

네크로 섬에 가는 게 힘들다는 것쯤은 예상하고 있었다.

그렇기 때문에 인어 공주인 이멜다 공주가 안내를 위해 근위병들을 파견해 주기로 했었는데……

"이건 문제가 발생했다고 보는 게 맞겠지?"

만나기로 약속된 섬으로 갔을 때 우리가 본 것은 인어의 옷자락으로 생각되는 옷감 조각들이었다.

거기다가 주변에 마력 흐름이 난잡하게 흐트러져 있는 것으로 보아 전투가 있었던 게 분명했다.

"인어들이 진 거겠죠?"

"만약 이겼다면 이렇게 흔적을 남기진 않았겠지. 네크로에게 들키면 곤란할 테니까. 좋게 생각해도 우리에게 메시지를 남길 틈이나 흔적도 지울 여유가 없었다는 것 정도겠지."

"……상대는 네크로의 마족이라고 봐야겠죠?"

"그래, 근위병들이 평범한 마물한테 당했을 리는 없으니까. 최소한 귀족급인 게 틀림없어."

네크로 섬의 해류도 복잡하고 이곳저곳에 마족들이 산재해 있기 때문에 인어들의 도움이 필수였는데 처음부터 일이 이렇게 꼬이다니.

"그렇다고 물러날 수는 없잖아요."

"그렇지. 지금보다 적절한 때는 없어. 우리 때문에 칠죄종의 균형이 무너졌으니, 서로의 세력을 먹어 치우려고 날뛰고 있을 테니까."

교만과 정욕의 칠죄종이 타격을 입었고 심지어 탐욕의 칠죄종은 죽었다.

내가 칠죄종이라면 이 기회를 절대 놓치지 않을 것이다.

아무리 우리가 쳐들어간다는 정보를 들어도 말이다.

"그러면 어떡하지요?"

"방법이 하나 있기는 한데, 되는지 모르겠네."

이 섬에 처음 오고 인어를 찾으려고 마력을 퍼트렸을 때 알아낸 게 있었다.

바로 이 섬에도 사람이 살고 있다는 것.

"이 섬에 살고 있는 원주민이라면 주변의 해류나 위험한 곳을 알고 있겠지."

"하지만 그들도 네크로의 수하라면요?"

당연하게도 이곳은 네크로의 영향이 미치는 지역이다.

이곳에 원주민이 살고 있다면 분명 네크로의 영향권에 속해 있다고 봐야겠지.

"잠깐만요. 그런 걱정은 나중에 해야 하겠는데요?"

갑자기 가리온이 우리들의 입을 막았다.

그제야 나도 주변에 몰려드는 기운들을 느낄 수 있었다.

"원주민들이 우리를 마중 나왔군."

해변가의 짙은 수풀 사이로 금속광들이 번쩍인다.

느껴지는 기운으로 보아 숫자는 적어도 수십.

제압하기에도 어렵지 않은 숫자였다.

쉬익!

고민하고 있는 사이 우리를 노리고 화살이 날아왔다.

하지만 엘프의 화살도 아니고 평범한 화살이 우리를 맞출 수 있을 리가 없었다.

퉁!

실드에 막혀 떨어지는 화살.

잇따라 날아오는 화살도 전부 막혀 떨어졌다.

그러자 무리의 우두머리로 보이는 하나가 창을 겨누며 우리를 향해 걸어왔다.

"너희들은 누구길래 우리 섬에 무단으로 들어왔나."

그의 창에 깃든 마력으로 보아 경지는 익스퍼트 중급.

낮은 경지는 아니었지만, 위협적인 상대는 아니다.

내가 대답을 하려고 입을 여는 순간이었다.

"해류를 잘못 만나……."

움찔!

모두가 내가 입을 여는 것만으로도 놀라 뒷걸음질 쳤다.

내 복장과 실드 마법으로 인해 내가 마법사인 건 눈치 챘겠지만, 입을 여는 것만으로 이렇게나 경계하다니?

잘 생각해 보니 고작 우리 몇 명 때문에 모였다기엔 너무 과한 숫자였다.

그렇다는 건…….

"내가 그걸 굳이 너희한테 말해 줘야 하지?"

나는 숨겨 놨던 마력을 일으키며 촉수들을 소환했다.

그러자 수백 개의 촉수들은 우리를 포위하고 있던 원주민들의 급소를 순식간에 겨누고 번쩍였다.

"으으……."

몇몇은 공포를 못 참고 옷에 오줌을 지리며 주저앉았다.

역시 우리가 평범한 이방인이 아니라는 걸 알고 있었군.

아마 인어와 싸운 게 우리라고 착각하고 있거나 혹은…….

난 공포로 굳어 있는 녀석들을 바라보며 말했다.

"날 너희를 보낸 놈에게 안내해라."

확실한 건 놈들은 자신의 의지로 이곳에 온 게 아니었다.

정상적인 사고가 가능하다면 제 발로 사지로 오진 않았을 테니.

그렇다는 건 녀석들을 여기로 보낸 이는 이들의 목숨을

통제할 수 있으면서.

필시 네크로의 수하일 것이다.

* * *

녀석들을 따라가자 한 금발의 청년이 우리를 기다리고 있었다.

능글맞게 생긴 녀석은 우리를 데려온 녀석들을 쳐다보며 미소 지었다.

"내가 침입자들을 모셔 오라고 했던가?"

"그, 그게 아니라……."

퍼억!

그 순간 반문을 하려던 녀석의 머리가 터져 나갔다.

아까 우리를 막아섰던 익스퍼트 중급의 남자였다.

가리온도 녀석을 한 수에 죽일 수는 없을 텐데.

"워워, 너희에게 해를 끼치려던 게 아니야."

나는 녀석의 의도를 인지하자마자 촉수를 녀석에게 겨누었지만, 그런 반응이 고작일 정도로 엄청난 속도였다.

강력한 녀석이군.

"네가 이놈들을 우리에게 보낸 건가?"

"그래, 내 영역에 처음 보는 녀석들이 나타났길래 말이야."

녀석은 얼굴에서 미소를 지우지 않고 우리에게 다가왔다.

"그런데 반응을 보아하니 내가 의심하던 놈들은 아닌

모양이야."

녀석은 우리에게 다가와 내 어깨를 두드리며 말했다.

다행히 가리온과 아리스의 표정은 보지 못한 듯싶었다.

"미안해, 미안해. 나는 동료인 줄도 모르고."

"다음부턴 피아 구분 잘하도록."

나는 녀석의 손을 쳐내며 차갑게 대꾸했다.

그럼에도 녀석은 미소를 잃지 않았다.

"미안하다니깐? 너도 알다시피 대륙에서 쳐들어온다고 섬이 뒤숭숭하잖아? 그놈들인가 싶었지."

"그놈들이라면 대륙의 인간 놈들을 말하는 건가?"

"걔네 말고 누가 있겠어."

그 말에 나는 이맛살을 찌푸리며 말했다.

"우리가 내뿜는 마기를 보고도 인간과 착각한 건가."

[마기?]

알바가 반문했다.

나는 흠칫 놀라 마인을 바라봤지만, 녀석은 못 들었는지 내게 사과를 건네고 있었다.

"미안해. 얼마 전에 인어들이랑 싸운 덕분에 주변의 마력이 난장판이라 헷갈렸어."

[걱정하지 마라. 바람을 조종하여 우리만 들리게 물어본 거니까.]

인어를 해치운 게 이 녀석인가.

아까 전에 우리를 데려온 자의 머리를 터트리던 실력을

보면 충분히 가능한 일이었다.

녀석은 과장되게 주변을 훑어보더니 질린 듯 말했다.

"그러니까 이 창 좀 치워 주지 않을래?"

녀석은 내 촉수들에게 겨눠지고 있는 상태에서도 이런 여유를 부리고 있던 것이다.

내가 촉수를 쏘아 보내도 피할 자신이 있다는 거겠지.

"이미 우리에게 적의를 보인 녀석에게 이 정도 경계는 필요하다고 생각되는데?"

"미안하다고 몇 번이나 했잖아!"

녀석이 아무리 애원해도 촉수를 치울 생각이 없었다.

나는 녀석에게 대꾸해 주지 않고 아예 텔레파시 마법으로 동료들과 회선을 열어 버렸다.

[녀석은 촉수에서 흘러나오는 마기가 우리의 마기라고 착각하고 있을 거야. 겉으로 보기엔 커다란 바늘에 불과한 물건에서 마기가 뿜어져 나올 거라 상상하긴 힘들 테니까.]

[그런데 촉수가 담고 있던 마기는 전부 정화했을 텐데요?]

아리스가 당황한 듯 물어보았다.

그녀가 손수 제거했으니 궁금하긴 하겠지.

[그래도 마족의 육체다 보니 모든 마기를 제거하긴 힘들 거야. 악의 씨앗에서 마기를 제거하는 것보다도 힘들 걸? 게다가 그동안 네크로들과 싸우면서 흡수된 마기도 있으니까.]

[과연······.]

우리가 텔레파시로 대화하는 사이 녀석은 결국 포기를 했는지 양손을 들며 한숨을 내쉬었다.

"알겠다, 알겠어. 그렇게 화가 나면 너희에게 무기를 겨눈 놈들을 전부 죽이도록 하지. 그럼 만족하지?"

그러자 우리 뒤에 시립하고 있던 자들의 얼굴이 죄다 푸르죽죽하게 죽었다.

그 얼굴에서 이 남자의 말이 진심이라는 게 느껴졌다.

그가 뒤를 돌자.

"그건······!"

본능적으로 나선 두 사람.

나는 둘이 나서려는 걸 막고 말했다.

"그깟 하찮은 놈들의 목숨이 무슨 가치가 있지?"

"와, 아무리 마인이라고 해도 말이 심하네."

"설마 그 때문에 평범한 인간들을 보낸 건 아니겠지?"

만약 문제가 생기면 꼬리를 자르기 위해 인간을 보냈냐는 말.

하지만 녀석은 고개를 저었다.

"아니, 그냥 귀찮아서."

"단순히 귀찮아서 인간들을 보냈다? 흐음······."

"왜? 혹시 내가 지치기라도 했을까 봐? 실험해 볼래?"

녀석이 미소를 띠며 말했다.

여기서 마법을 발한다면 녀석이 허세인지 아닌지 실험

해 볼 수 있었지만, 굳이 그러지는 않았다.
"쯧, 알겠다. 창을 겨누는 건 그만하도록 하지."
촤자자작!
촉수들이 모여 하나의 원기둥을 이뤘다.
"휘유, 엄청난 통제 능력이네. 네 고유 능력인가?"
"그걸 알면 어쩔 생각이지?"
"아앗, 그냥 호기심에 물어본 거야. 신경 쓰지 마."
녀석은 분위기를 풀어 보려는지 계속해서 내게 말을 걸었다.
"계파니 뭐니 하더라도 다들 같은 네크로인데 친하게 지내자구. 내 이름은 가웬. 나태 소속이야. 너희는?"
"르자네, 계파는 없다. 뒤는 내 부하들이지."
"계파가 없다고? 혹시 너희 신입 마인이냐?"
슬쩍 마력을 흘리자 불덴 듯 펄쩍 뛰며 손을 젓는 가웬.
"아니, 아니! 그런 뜻이 아니라 섬에는 이제 무소속 마인은 없다시피 하거든. 그런데 셋, 아니 여섯? 이나 되는 마인이 소속이 없다니까······."
"지금까지 대륙에 머물다가 네크로의 호출을 받아 돌아가는 중이다."
그러자 가웬은 이해가 간다는 듯 고개를 끄덕였다.
"아아, 섬은 처음이구나. 왠지 이쪽으로 왔다 했어. 스파인가 했지 뭐야."
그 말에 몇몇이 흠칫했지만, 녀석도 그냥 한 말인지 별 의심 없이 넘어갔다.

"왜냐면 이곳은 마인들이 소수로 지나다니기엔 위험한 길이거든. 인어들과 자주 마주치는 곳이다 보니 이번에 아예 마물을 대거 소환해 놨으니까. 걔네 중에 흉포한 녀석들은 우리한테도 덤벼든다고."

"그렇군. 알려 줘서 고맙다."

"그런데 그러면 너희는 섬으로 들어가면 어느 소속으로 들어갈 거야?"

"딱히 생각 안 해 봤는데?"

"아무리 강하더라도 무소속으로 있을 생각은 하지 마. 강하기 때문에 오히려 칠죄종들이 회유해 올걸? 그렇다고 너희가 칠죄종보다 강한 건 아니잖아."

내가 녀석의 말에 망설이는 척을 하자 녀석은 우리를 회유해 왔다.

"그러니 우리는 어때? 나태라고 하면 약해 보이지만 그리 약하지도 않고 분위기도 좋아. 분노같이 다들 분노조절장애도 아니고 교만처럼 잘난척하지도 않지. 그뿐이야? 정욕처럼……."

녀석은 미주알고주알 칠죄종의 계파들에 대한 설명을 해 주었다.

나는 녀석의 말에 귀가 아파질 지경이었지만 그 하나하나가 녀석들의 정보였기에 귀를 기울였다.

얼마나 지났을까 겨우 칠죄종에 대한 설명이 끝났을 때

가리온과 알바는 졸고 있었다.

"이러니 나태를 추천하는 거야. 어때? 좀 혹하지 않아?"

"괜찮군. 그런데 우리가 나태로 들어가면 네가 얻는 이득은 뭐지?"

그 말에 씨익 웃는 가웬.

"아, 티가 많이 났나? 나는 중앙으로 진출하고 싶거든. 이제 곧 대륙 놈들의 세상이 끝나고 나면 마족과 마인들의 세상이 될 거야. 거기에 끼어서 부스러기라도 얻어먹어야 편하게 살 수 있거든."

"그러면 나태에게 우리를 안내해 줄 수 있겠나?"

"그럼 나야 환영이지."

적의 심장부로 직접 안내해 준다는데, 우리가 환영이지.

가웬은 우리 배를 보자마자 혀를 내둘렀다.

"아니, 설마 아무 설명도 듣지 못했던 거야?"

"무슨 설명? 우린 찾아오란 말밖에 듣지 못했는데."

"전달한 녀석이 문제가 있던 녀석이었나 보군. 여기까지 무사히 온 게 기적이야."

녀석은 배를 가리키며 설명했다.

"최소한 배에 우리 상징 정도는 새겨 넣었어야지! 하다못해 마기를 두르거나. 이 정도면 마족이나 마물의 습격을 꽤 받았을 텐데, 그런 적 없었어?"

"운이 좋았나 보군."

왠지 마물이 지나치게 많이 달라붙더라.

하지만 그걸 말해 봐야 좋을 게 없었기에 나는 모르는 척 고개를 저었다.

녀석도 나를 따라 고개를 젓더니 뒤로 손짓했다.

그러자 녀석을 뒤따르던 사람들이 허겁지겁 뛰어나와 배의 이곳저곳에 네크로의 상징을 그려 넣었다.

해골 문양과 몇 개의 룬 문자.

언뜻 보면 해적처럼 보일 모양새였지만.

룬 문자가 새겨지자 곧 배에서 음산한 기운이 흘러나오기 시작했다.

"이러면 지성이 있는 놈들은 달라붙지 않을 거야. 그럼 가자고."

우리는 적의 안내를 받아 네크로의 본진으로 출발했다.

* * *

마물에게 습격을 당한 것은 녀석이 장담한 지 한 시간이 채 되지 않았을 때였다.

우리가 무심코 녀석을 쳐다보자, 녀석은 손을 격하게 내저으며 변명했다.

"내가 지성이 있는 마물에게만 통한다고 했잖아. 지성이 없는 마물은 우리도 제어하기 힘들다고."

"그럼, 녀석들은 어떻게 해야 하지?"

"별수 있겠어? 아깝지만 처리해야지."

녀석은 그렇게 말하며 우리를 빤히 바라보았다.

"설마 우리가 처리하라는 거냐?"

"당연하지. 너희 배잖아."

녀석은 저항해 보았지만 우리 여섯의 시선을 견딜 수는 없었다.

결국 녀석은 머리를 긁적이며 자리에서 일어났다.

"아, 알겠어. 귀찮은데······."

사실 마물은 우리가 충분히 처리할 수 있지만, 이번 기회에 녀석의 능력을 확인하고 싶었다.

녀석이 섬에서 부하를 죽였던 능력.

나조차도 제대로 보지 못했던 그 능력에 대해 좀 더 알아보고 싶었다.

붕붕!

녀석은 어깨를 푸는 듯 팔을 돌리더니 뱃머리로 걸어 나왔다.

"그럼 간다."

퍼버벅-!

이번에도 순식간에 마물들의 머리가 터져 나갔다.

분명 녀석은 제자리에서 한 걸음도 움직이지 않았는데 말이다.

가리온이 벌떡 일어나며 우리에게 텔레파시를 보냈다.

[녀석의 손에서 충격파가 일어났어요!]

나는 마물들의 머리가 터져 나간 순간 녀석의 어깨가

잠깐 희미해졌던 게 떠올랐다.

주의 깊게 보지 않으면 보이지 않을 정도의 속도라니.

"이제 됐지? 난 좀 쉴게."

녀석은 그런 신기를 보여줬음에도 아무런 내색도 하지 않고 다시 돌아와 털썩 주저앉았다.

"아, 지친다. 지쳐."

"마물들을 죽인 충격파, 그게 네 능력인가?"

"그걸 눈치챈 거야?"

가웬은 놀란 듯 눈을 크게 떴다.

그리곤 이내 실실 웃으며 고개를 끄덕였다.

"대충 그렇다고 봐야지. 움직이는 게 귀찮아 개발한 기술이야."

뭔가 더 있군.

하지만 더 물어보기엔 의심을 살 수도 있기에 일단 그 정도로 만족했다.

어차피 기회는 앞으로도 많은 것 같으니.

* * *

서걱!

배보다도 더 거대한 마물이 가리온의 깔끔한 일격에 바다로 침몰했다.

"휘유, 대단한데? 능력을 발하지도 않고 저만한 마물

을 참살하다니."

가웬의 칭찬에 가리온이 뭐라 대답하려다 어색하게 고개를 끄덕였다.

거짓말을 잘 못하는 가리온과 아리스다 보니 아예 과묵한 컨셉으로 가기로 한 것이다.

"알아서 잘하니 말할 필요는 없겠지만 마력을 사용하지 않는 게 좋아. 마물들은 마력을 인지하거든. 마력을 끌어올리면 마물들이 모여들 거야."

하지만 마력을 끌어올리지 않고도 지성을 잃은 마물들은 몇 번이나 더 출현했다.

가웬이 알고 있는 루트로 가도 이 정도니 인어들을 따라 갔으면 얼마나 고생했을까.

그런데 가웬도 뭔가 이상한지 고개를 갸웃거렸다.

"원래 마물이 이렇게나 많이 나오진 않는데 이상한데?"

"길을 잃은 거 아닌가?"

"그럴 리 없어. 가끔씩 방향을 체크하고 있었거든."

녀석은 품에서 나침판을 꺼내 들었다.

그 나침판은 평범한 나침판이 아니었다.

"그 나침판, 아티팩트로군."

"눈독 들이지 마. 이건 우리 계파에서도 간부급에게나 주는 물건이니까."

"그렇다면 무슨 특별한 능력이 있나 보군."

"응. 주변에서 가장 강한 마기를 내뿜는 곳을 가리켜.

이 일대에서 가장 강한 마기를 가진 분은 우리 대장님이시니 이 방향대로만 가면 나태의 키안드로스님을 만날 수 있단 말이지."

녀석은 그렇게 말하며 나침판을 들어 보였다.

"이렇게 말이야. 어……?"

하지만 나침판은 우리가 가는 방향과 다른 방향을 가리키고 있었다.

녀석은 당황해서 나침판을 이리저리 흔들고 가볍게 내리쳐 보았지만 여전히 다른 방향을 가리키고 있었다.

"어라? 이거 망가졌나? 이럴 리가 없는데……."

"혹시 망가진 게 아니라 나태보다 더 강한 마인이 주변에 있는 거 아닌가?"

"그럴 리 없어! 칠죄종보다 강한 마인이 있을 리가. 마족이라면 모를까!"

녀석의 말대로 마인은 인간에서 마기로 인해 타락한 존재지만, 마족은 원래부터 마기를 품고 있는 존재들.

마족이 마인보다 한 계급 이상의 마기를 더 품고 있었다.

"그렇다면 마족이 근처에 있는 거 아닌가?"

"마족이라고 해도 칠죄종보다 강한 마기를 갖고 있으려면 적어도 후작급은 되야 해. 그런데 이런 곳까지 후작 이상의 악마가 나올 리가 없잖아."

아니다.

여기까지 후작급 마족이 나올 이유가 딱 하나 있었다.

나는 들키지 않게 표정 관리를 하면서 조심스럽게 동료들에게 텔레파시를 전했다.

[우리들이 침투하려는 걸 들킨 모양이야.]

[예, 그게 아니고서는 후작 이상급 마족이 파견될 리가 없죠.]

[후작급 마족! 그런 강한 마족과 바다 위에서 만나다니……. 거기다 전투가 벌어지게 되면 저 마인은 어떻게 하죠?]

가리온이 불안해하며 가웬을 눈짓했다.

후작급 마족이라하면 지금 우리들 전력으로도 힘든 상대였다.

이곳은 바다 위.

확실하게 우리가 불리한 전장이니 말이다.

그런데 거기에 가웬까지 합류한다면 우리가 질 게 틀림없었고, 만약 이긴다고 하더라도 배를 잃는다면 망망대해 한복판에 버려지게 될 것이다.

[후작급 마족이라고 해도 약한 편일 거야. 녀석들도 생각이 있다면 전투보단 탐색에 정통한 마족을 보냈을 테니. 다만 문제는 저 녀석인데…….]

마물과 싸우며 보인 전투력으로 볼 때 적어도 백작급 이상의 힘을 지니고 있는 게 틀림없었다.

거기다 본체로 변신할 것까지 계산하면 후작급 이상이라고 생각해야겠지.

[잠깐, 그보다 후작급 마족이 파견됐다는 건 저 가웬인가 하는 놈도 우리 정체를 알고 있는 거 아니야? 인어를 잡은 건 놈이었잖아.]

알바가 거의 처음으로 날카로운 질문을 했다.

녀석의 말에 다들 놀라 가웬을 쳐다보았다.

그러자 의아한 듯 고개를 갸웃대는 녀석.

"왜? 내가 아무리 잘 생겼다지만 갑자기 그렇게 쳐다보면 부담스럽다구."

[녀석은 아니야. 내가 조금 전에 떠봤는데 모르는 기색이야. 아마 상부에서 종합한 정보가 녀석에게까지는 내려가지 않은 듯해.]

[그러면 다행이에요. 조금만 늦었으면 귀찮아질 뻔했네요.]

한숨을 내쉬는 가리온.

하지만 루스가 날개를 퍼덕대며 말했다.

[어쨌든 달라진 건 없어. 들키기 전에 가웬을 먼저 제압하는 건 어때?]

[너무 위험해. 전장이 너무 좁기도 하고 그 소리를 듣고 사방의 마물과 마족들이 모여들 거야.]

[그러면 어떻게 하죠?]

나는 마력을 끌어올리며 말했다.

"이럴 때는 역시 이이제이가 최고지."

* * *

'천 개의 눈'이라는 이명을 가진 마족 후작인 글라테이온은 망망대해 한복판을 날아가고 있었다.

그러면서도 그가 가진 천 개의 눈 중 반이나 뜨고 주변을 감시하는 걸 멈추지 않았다.

하지만 그의 눈으로 감시한다고 한들 바다는 끝도 없이 넓었으니 아무런 흔적도 보이지 않았고 슬슬 짜증이 났다.

'고작 인간 따위에게 명령을 듣다니…….'

물론 그에게 명령을 내린 건 평범한 인간이 아니었다.

칠죄종의 나태, 키안드로스.

그가 바로 글라테이온에게 명령을 내린 장본인이었다.

하지만 그가 마족공의 인자를 물려받았다고 한들 결국 인간이라는 건 변치 않는다.

그오오오…….

그렇게 짜증으로 예민해져 있던 차에 그에게서 멀지 않은 곳에서 마력이 들끓는 것을 느꼈다.

마물에게선 느낄 수 없을 정도로 정교한 마력 흐름이었다.

그렇다는 건 지성체가 마력을 발산하고 있다는 것.

바다 한복판에서 이러한 마력을 뿜어낼 존재는 뻔했다.

번쩍!

그는 감겨 있던 오백 개의 눈을 떴다.

그러자 그를 둘러싸고 있던 마기가 폭발하듯이 터져 나오며 주변으로 흩어졌다.

마기는 순식간에 수평선 끝까지 퍼지며 수많은 시각 정보를 보내왔다.

그리고 그 중엔 그가 바라던 정보도 있었다.

[용사, 마물과 싸우고 있군.]

사방에서 몰아닥치는 마물들을 상대하는 용사.

글라테이온은 그곳으로 날갯짓을 시작했다.

그리고 글라테이온이 날아든 곳에는 그가 봤던 대로 수많은 마물과 용사로 추정되는 인간이 떠올라 있었다.

하지만 이상한 점이 있었다.

움직이는 것만 보고도 달려들 정도로 험악한 마물들이 녀석을 감싸고도 아무런 움직임도 보이지 않는 것.

너무나 이상한 광경에 그가 좀 더 다가가자, 용사도 그를 인지한 듯 그를 마주 보았다.

그 순간 글라테이온은 생전 처음으로 자신의 눈을 의심했다.

지팡이를 든 사내는 수많은 마물에 둘러싸였음에도 웃고 있었다.

그 사내는 글라테이온을 가리키며 말했다.

"전군 돌격."

그러자 마물들의 모습이 일변했다.

마치 사냥감을 발견한 듯 글라테이온에게 살기를 일으켰다.

[무슨 수를 벌였는지 모르겠지만, 고작 마물 따위로 내게 싸움을 거는 것이냐.]

글라테이온은 같잖은 마음에 비웃음이 깃든 정신파를 내보냈다.

아무리 그가 탐지에 특화된 마족이더라도 후작급이었다.

이지도 없는 마물 따위 수백 수천을 데려와 봐야 이길 수 있을 리가 없었다.

그의 예상대로 그가 마안을 번뜩이자, 수백의 마물이 석화 되어 바닷속으로 사라졌다.

하지만 다시 고개를 치켜드는 새로운 마물들.

"그렇게 말하기엔 너무 많은 양일걸?"

[어림없는 소리!]

글라테이온은 버럭 정신파를 폭주시키며 천 개의 눈을 반짝였다.

그러자 바닷속에 숨어 있던 마물들까지 일제히 마기를 내뿜으며 죽음을 맞이했다.

하지만 즉사의 권능은 글라테이온에게도 과한 일격.

그는 마기가 들끓어 오르는 걸 느끼며 이를 갈았다.

[이제 어쩔 테냐!]

"어쩌긴. 마력을 끌어올렸으니 마물이 더 모여들 텐데 괜찮겠어?"

용사는 글라테이온의 행동을 비웃었지만, 그도 생각이 없이 벌인 일은 아니었다.

그의 눈으로 근방에서 떠돌던 마물들을 발견했기 때문이었다.

그들은 그라도스로 여태 상대하고 있는 마물들과 달리 지성이 있는 마물이었다.

흔히 마족들의 변견으로 쓰이며 개중엔 귀족의 작위를 얻은 녀석도 있었다.

용사가 무슨 수를 썼는지 몰라도 녀석들이라면 용사에게 홀리지 않고 자신의 힘이 되어 줄 것이다.

라고, 생각했다.

녀석들도 자신에게 이빨을 드러내기 전까지는.

[네놈! 대체 마물들을 어떻게 네 멋대로 다룰 수 있는 거지?!]

글라테이온은 전신이 난자당하면서도 내가 마물을 어떻게 조종할 수 있는지 의아해했다.

지성이 없는 마물들이야 정신계 마법을 잘 이용하면 조종할 수 있겠지만, 지성이 있는 마물까지 조종하는 건 불가능에 가깝기 때문이었다.

한둘이야 몰라도 숫자가 너무 많으니까.

내가 아무리 대마법사라고 해도 그런 마력은 없거든.

그런데, 내가 이들을 조종할 수 있는 방법은 사실 아주 간단했다.

"내 멋대로 다루는 게 아냐. 정확히는 조종이 아니라 유도하는 거지."

마물들에게는 내 모습이 보이지 않는다.

내가 끌어올리는 마력만 느끼고 모여들 뿐.

처음에 지성이 있는 마물들이 모여들지 않았던 이유도 그것 때문이었다.

마력만 모여들 뿐 아무 것도 느껴지지 않으니까.

물론 오감이 뛰어난 마물들에게 모습을 숨기려면 고위 마법을 사용해야 했지만.

마물들을 직접 조종하려 할 때 드는 마력에 비하면 새발의 피에 불과하다.

[크윽, 그렇다면 이건 어떠냐!]

글라테이온도 나를 따라 모습을 감추려고 했다.

괜히 후작이 아닌지 머리 굴리는 속도가 빠르네.

하지만.

콰직!

[크아악! 어째서!?]

여전히 마물들은 글라테이온이 보이는 듯 물어뜯었다.

글라테이온이 다시 모습을 숨겨봐도 멀리 이동해 봐도 마치 보이는 것처럼 녀석을 따라가는 마물들.

"그 이유는 간단해. 마물들은 네 모습을 나로 보고 있거든."

[뭐라고!? 설마 내게 네 환상을 뒤집어씌운 건가!]

"맞아. 하지만 네게 해를 입히는 마법도 아니고 직접적으로 영향을 끼치는 마법도 아니니 해제하기 쉽지 않을걸?"

와드득!

[크아아악!]

대화하는 사이에도 마물들의 이빨이 글라테이온의 감각을 파고 들어간다.

"지성이 있는 마물들이 그 틈을 줄 리가 없을 테니까."

[비, 빌어먹을……!]

그렇게 마족 후작 글라테이온은 등장에 비해 꽤 허무한 최후를 맞이했다.

* * *

"여, 잘 다녀왔어?"

"별일 없었나."

배로 돌아가자마자 가웬이 다가왔다.

"기다리느라 심심해서 죽는 줄 알았네. 너 그동안 심심해서 어떻게 살았냐? 네 부하들이랑 놀려고 했는데 아무리 말 시켜도 대답하는 애들이 하나도 없더라."

그 말에 일행을 둘러보니 그동안 많이 시달린 듯 피곤한 기색이 가득했다.

녀석은 그동안 쌓인 심심함을 풀려는지 내게 계속 말을

걸었다.

"그런데 둘러보니 어때? 주변에 다른 마족이라도 있던 거야?"

"전혀. 네 아티팩트가 고장 난 모양이더군. 돌아가면 수리받도록."

내가 홀로 글라테이온을 만날 수 있었던 이유는 녀석의 아티팩트를 확인한다는 핑계였다.

녀석이 눈치채지 못하게 절대명령으로 시공간을 분리해 놓고 글라테이온을 유도한 거였지.

녀석도 보통 마인이 아닌 만큼 뭔가 이질감을 느끼긴 하겠지만, 이렇게 짧은 시간에 아무런 상처 없이 홀로 마족 후작을 격살하고 왔다곤 상상하지 못할 것이다.

"어? 이거 진짜 문제 있나? 아까 전까지만 해도 뱅글뱅글 돌더니 다시 괜찮아졌네."

그거야 시공간이 분리되는 바람에 아티팩트가 인지할 수 있는 범위 내에 마기를 갖고 있는 게 자신뿐이니 그럴 수밖에.

나는 모르는 척 어깨를 으쓱했다.

"그럼 다행히 문제는 해결됐군. 그럼, 계속 가도록 하지."

그렇게 다시 출발하려는데 아리스가 걱정스러운 모양인지 텔레파시를 보냈다.

[그런데 저자를 계속 놔둬도 되는 걸까요?]

[왜? 나 없을 때 그렇게 시끄러웠어?]

[그게 아니에요.]

아리스가 이맛살을 찌푸렸다.

[지상으로 들어가면 우리가 침투했다는 정보와 우릴 찾으려 마족이 왔다는 정보를 들을 거에요. 그럼 필시 우리를 의심할 텐데, 그 전에 처리하는 게 낫지 않냐는 이야기죠.]

가리온이 텔레파시에 끼어들었다.

[그렇지만 그러면 키안드로스를 찾아가기 힘들어질 텐데요?]

[그만큼 위험하니까요.]

나는 고개를 끄덕였다.

아리스의 말도 틀린 건 아니다.

하지만 사람의 고정 관념은 꽤 단단하다.

[이미 녀석은 우리를 마인이라고 확신하고 있어. 그 생각을 쉽게 바꾸진 않을 거야. 무엇보다 증거가 확실하잖아.]

지금도 촉수에서 마기가 계속 흘러나오고 있으니.

녀석은 용사가 마기가 흘러나오는 무기를 쓰고 있을 거라곤 상상하지 못할 것이다.

의심을 하더라도 잠깐이고 그저 우연히 용사 일행과 길이 엇갈렸다고 생각하겠지.

[그렇다고 하더라도 그 작은 가능성에 모든 걸 걸기엔 너무 위험해요. 여긴 적진 한복판이니까요.]

[걱정하지 마. 나도 그럴 줄 알고 녀석의 인지를 비틀

고 있는 중이니까.]

[그럼 그것부터 말해 주셨어야죠!]

아리스가 벌떡 일어났다가 가웬의 눈치를 보며 다시 앉았다.

[그런 것도 조종할 수 있는 거에요? 가웬 정도의 강자에게 들키지 않게 마법을 걸긴 쉽지 않을 텐데요.]

[그래서 꽤 공을 들였지. 하지만 그래 봤자 이미 깔린 고정 관념을 강화하는 정도야. 그래도 대놓고 우리를 의심하진 못하겠지.]

물론 환상 마법으로 그 이상의 인지를 건드리는 건 불가능하다.

고작해야 우리가 더욱 친근하게 느껴지는 정도.

하지만 이 정도만 하더라도 누군가 우리가 용사 일행이라는 명백한 증거를 들이밀기 전까진 우리를 의심하진 못할 것이다.

"드디어 도착했다. 잘 왔어. 우리들의 지상 낙원에!"

그렇게 우리가 대화하는 동안.

배는 어느새 뭍에 다다랐다.

* * *

"이게 지상 낙원이라면 네 상상력은 꽤 빈곤한 모양이군."

"허, 좀……. 이런 걸 보여 주려던 게 아닌데……."

네크로 섬에 대한 첫인상은 바로 황무지였다.

아무리 해변가라지만 거의 지평선 끝까지 제대로 서 있는 나무가 하나도 없었다.

마치 거대한 거인이 망치로 후려친 듯한 구덩이가 사방에 수없이 나 있었고 수십, 수백 년 묵은 나무가 허리가 꺾여 죽어 있었다.

"내가 떠나 있는 사이 계파들 사이의 충돌이 본격적으로 시작된 모양인데?"

"여긴 나태의 영역 아니었나?"

"그건 맞는데, 이 근처에 분노의 영지가 있거든. 홀로 떨어져 있는 곳이라 신경을 안 썼는데 내가 없는 사이에 무슨 문제가 생긴 거지? 누구 하나 잡고 물어봐야겠군."

"여기서? 누구에게?"

주변엔 말라비틀어진 나무와 썩어가는 시체밖에 없었다.

하지만 녀석은 누군가를 기다리는 듯 바닥에 털썩 주저앉았다.

"기다려 봐. 곧 마중 나올 테니까. 네 마기 정도면 놈들이 직접 나올지도 모르겠는데?"

"그렇군. 갑자기 강한 마기가 등장한 셈이니 녀석들이라면 나와 볼 수밖에 없겠군."

녀석의 장담대로 얼마 지나지 않아 동쪽과 서쪽에서 거의 동시에 여러 인영이 가까워졌다.

그들은 멀지 않은 곳에서 멈춰서더니 우리를 경계하는

듯 조심스럽게 걸어 나왔다.

"혹시 무례가 아니라면 어디서 오신 분들인지 여쭤봐도 되겠습니까?"

네크로의 섬에서 들을 거라곤 상상하지도 못할 정도의 깍듯한 태도였다.

마인들의 괴팍한 성정을 자극하지 않기 위해서인 듯싶었다.

하지만 녀석들은 마인이 아니라 우리를 조심했어야 했다.

서걱!

반응할 틈도 없이 잘려 나가는 머리.

가리온이 녀석의 목을 갈라 버린 것이다.

머리를 잃은 녀석은 썩은 나무토막처럼 그 자리에서 쓰러졌다.

"너……!"

당황한 가웬이 우리를 쳐다보았다.

가리온은 베어 넘긴 마인에게 미안함을 느끼는지 눈을 꾹 감았지만.

다른 마인에게는 그게 더 공포로 느껴진 듯싶었다.

나는 시체를 싸늘하게 내려보며 중얼거렸다.

"정체를 묻기 전에 소속부터 밝혀야 하는 거 아닌가?"

"허억!"

"그리고 난 가만히 세워 두는 것도 아주 싫어하는데 말이야."

나는 그렇게 말하며 반대편을 쳐다보았다.

그러자 그쪽에서 마인이 허겁지겁 뛰쳐나와 고개를 숙였다.

"안녕하십니까! 전 분노의 휘하인……!"

서걱!

"어, 어째서……!"

녀석은 머리 대신 잘려 나간 어깨를 붙잡고 신음을 토했다.

그렇지만 나는 웃는 낯으로 마법을 시전했다.

"난 나태 소속이거든."

콰앙!

그 자리에서 터져 버린 마인.

"야, 잠깐! 그렇게 함부로 죽여 버리면 어떻게 해!"

"우, 우린 싸울 생각이 없습니다! 분노를 거둬 주십시오!"

가웬과 분노 쪽의 마인들이 우리를 말리려고 했다.

하지만 그 말을 들을 우리가 아니었다.

콰직!

"막, 막아!"

가리온을 필두로 신수들까지 마인들을 향해 공격을 시작했다.

뒤늦게 분노 쪽의 마인들이 마기를 끌어 올리기 시작했으나 신수들의 공격이 먼저였다.

"크아아악!"

순식간에 불타고 베이고 얼어붙는 마인들.

나름 강한 축에 속하는 마인들이었겠지만, 애초에 우리는 뭐든 명목 삼아 공격할 준비부터 하고 있었기 때문에 대비를 하고 있지 않은 녀석들은 별다른 저항을 하지 못했다.

순식간에 주변이 정리되어 버리자 가웬은 얼이 빠져 버린 듯했다.

"……너희 부하들 화끈하네."

"충성심이 강한 편이라."

내 뒤통수에 따가운 시선이 느껴졌지만 나는 깔끔하게 무시했다.

"싸움을 중재를 해 보려고 했는데 덕분에 완전히 물 건너갔네."

가웬이 어이없는 듯 말했다.

녀석의 말대로 이미 마중 나온 녀석들을 죽여 버린 이상 깔끔하게 넘어갈 수는 없을 것이다.

그리고 그게 내가 원하는 거지.

[서로 죽고 죽여라.]

[네자르님 하시는 말씀을 보면 우리가 악역 같은데요?]

[결과만 좋으면 그만이지.]

하지만 충돌이 격화될 상황에서도 가웬은 아무렇지도 않은 듯 가볍게 어깨를 으쓱였다.

"뭐, 어쩔 수 없지. 어차피 네가 안 나섰으면 내가 나서려고 했거든."

"남은 자들은 어떻게 할까요?"
아리스가 나태 쪽의 마인들을 슥 훑어보며 말했다.
그러자 침을 꿀꺽 삼키는 소리가 들려왔다.
나는 가만히 녀석들을 쳐다보았다.
"안내할 사람은 하나면 충분하겠지."
내 자비로운 결정에 마인들의 안색이 퍼렇게 변했다.

* * *

나태 쪽의 마인을 이끄는 녀석.
데이곤이라는 마인을 만났을 때 가장 먼저 보인 것은 지나칠 정도로 새하얗게 질린 안색이었다.
원래 그런 건가 싶었는데 손을 덜덜 떠는 모습을 보아하니 그건 아닌 모양이다.
"가, 가웬 님이 어찌 이곳에……."
"내가 못 올 곳 온 건 아니잖아?"
"맞죠. 맞습니다. 그런데 이분들은?"
가웬은 그 말에 내 눈치를 슬쩍 보았지만, 나는 별 반응을 보이진 않았다.
여기서 녀석의 목까지 따 버리면 양쪽 밸런스가 어긋나잖아.
그러자 녀석은 안심했는지 작게 한숨을 내쉰 후 말했다.
"우리 쪽으로 들어오려고 하는 마인들이야. 그런데 왜

분노 쪽 계파하고 싸우고 있었던 거지?"

"그렇게 심하게 싸우던 건 아니었습니다. 사소한 말다툼이었죠."

"무슨 말다툼?"

사소한 말다툼이라기엔 숲이 지나치게 망가져 있던데.

하지만 가웬의 반응을 보면 데이곤이 거짓말을 하는 것 같지는 않았다.

"용사를 찾아 주변을 탐색하고 계시던 글라테이온 후작께서 행방불명이 되셨다는 사실은 알고 계십니까?"

"글라테이온 후작이? 흐음, 설마 그래서 내 아티팩트가 이상 반응을 일으켰던 건가? 아, 계속해 봐."

가웬의 명령에 데이곤은 말을 이었다.

"그래서 중앙에서는 용사가 침입할 곳이 여기가 유력하다고 하여 세이파와 경계 구역을 배분하던 차에 말다툼이 일어났습니다."

"으음……."

가웬이 침음을 흘리자, 데이곤이 급히 팔을 내저었다.

"들으셨다시피 별문제 아닙니다! 가웬 님께서는 볼일 보셔도 상관없습니다!"

"그게 별문제가 되어 버렸거든……."

(회귀한 대마법사의 용사생활 8권에서 계속)